INVESTIGADOR PRIVADO

Detrás de escena de una verdadera dinastía de detectives

MARCO MANZINI

1

Este libro es una obra de ficción. Nombres, personajes, empresas, organizaciones, lugares, hechos y eventos mencionados son invenciones del autor y tienen el propósito de dar credibilidad a la narración. Cualquier similitud con eventos, lugares y personas, vivas o fallecidas, es puramente coincidental.

ÍNDICE

Mi agradecimiento va a aquellos que están cerca de mí y que continuamente me han impulsado y motivado a poner por escrito lo que, verbalmente y en diversas situaciones, siempre les había fascinado.
En primer lugar, mi querido amigo Giuseppe, sin quien esta iniciativa habría terminado a pocos metros del inicio.

Con sentimiento para Edoardo
Alberto
Carlotta

PRÓLOGO

Hubo muchas dudas que con el tiempo me llevaron a desistir de escribir este texto, pero aún más fueron los estímulos para plasmar algo en papel.

Estímulos que de vez en cuando vinieron de conocidos y amigos, fascinados por esta profesión cuyos orígenes se pierden en la noche de los tiempos y que ha inspirado a lo largo de la historia a grandes escritores, directores y gente común.

Obviamente, la principal dificultad surgió del deseo de preservar completamente la privacidad de todos aquellos que, a lo largo de los años, de alguna manera, acudieron a nosotros, comenzando por mi abuelo Ernesto, precursor en Italia del investigador moderno, hasta a llegar a mí.

Para mantener precisamente la máxima confidencialidad, muchos elementos han sido disimulados o modificados, como los lugares, los nombres y mucho más, sin embargo, sin quitar nada a la veracidad y la esencia de lo narrado.

De esta manera, espero haber dejado al lector ese estímulo para "investigar", deducir y llegar a sus propias conclusiones, típico de lo que debe hacer diariamente durante su actividad, el detective, y así haber logrado darle la oportunidad de transformarse, página tras página, virtualmente en un verdadero investigador privado que debe investigar para satisfacer su curiosidad sobre esta misteriosa e intrigante profesión.

En este volumen se cuentan muchos, muchísimos episodios interesantes y fascinantes... todos realmente ocurridos... o tal vez no...;-) desde la posguerra hasta hoy.

Sin embargo, no se han dispuesto cronológicamente en sucesión porque se ha seguido más bien un sentido lógico que creara un correcto "nexo de unión" y lograra introducir al lector con la correcta progresión en una verdadera experiencia de investigador privado.

Todo contado por una persona que proviene de una familia de investigadores privados, que creció masticando el arte de investigar y deducir cada día, siempre con la máxima confidencialidad y discreción, y que durante muchos años ha investigado personalmente.

Buen comienzo en esta fantástica aventura.

EL INVESTIGADOR PRIVADO

Investigador, detective, policía privado, sabueso... son muchos los nombres que se han dado con el tiempo a esta peculiar e intrigante profesión en un intento de describirla y representarla de la mejor manera. En realidad, creo que es imposible por varias razones.

En primer lugar, es, en todos los sentidos, una profesión interdisciplinaria, engloba muchas profesiones, ya que es necesario tener conocimientos y experiencia en el mundo científico, médico, jurídico, psicológico, militar y deportivo.

Luego, por razones puramente prácticas, no existe un trabajo, encargo o consulta que sea igual al anterior. Se interactúa con las personas, con sus pensamientos, con todas las infinitas variables de la vida, y por lo tanto es imposible tener un caso o situación idénticos a otro, en el mejor de los casos, puede haber algunas pequeñas similitudes.

Ciertamente se requieren características específicas: un buen investigador es principalmente alguien con una capacidad de observación excepcional.

Debe ser una persona dotada de infinita paciencia y calma, pero también capaz de actuar rápidamente cuando sea necesario.

Digamos que quizás el felino depredador encarna mejor las cualidades fundamentales de un investigador. También creo que, para perfeccionarse adecuadamente, un buen investigador debe haber arriesgado su vida al menos una vez o al menos haber vivido situaciones de gran peligro en su vida, porque solo en ciertas situaciones de estrés uno puede agudizar sus sentidos al nivel adecuado.

Mi abuelo, por ejemplo, durante la guerra en África,

como oficial del ejército en inteligencia, a menudo se encontraba en situaciones peligrosas cuando se le llamaba para resolver disputas o intentar sofocar levantamientos de la población local en Etiopía, que rara vez estaba dispuesta a ser dominada por extranjeros.

El hecho de que fuera un alto agente italiano lo llevó a menudo a situaciones de gran prestigio una vez resueltas, pero también de gran peligro durante las fases más tumultuosas de resolución.

Cuando los italianos controlaban Etiopía entre 1936 y 1941, trataban, en la medida de lo posible, a la población local con amabilidad, construyendo carreteras, acueductos, hospitales y, en general, tratando con respeto a los locales.

Lo mismo no sucedió cuando los británicos "liberaron" a Etiopía del control italiano y reinstalaron al Negus (el rey) Haile Selassie. Los italianos, por supuesto, se resistieron al principio tanto como pudieron, pero muchos fueron hechos prisioneros y deportados.

Los británicos trataron con dureza a los italianos derrotados, pero siempre con gran civilidad.

Esto sorprendió a muchos etíopes que tenían un concepto diferente de "respeto a los derrotados". Ellos mismos sufrieron de parte de los británicos, que se convirtieron de facto en los nuevos dominadores, un trato mucho menos favorable en comparación con cómo los italianos los habían tratado anteriormente; de hecho, trataron a los locales con muy poco respeto.

Por lo tanto, a menudo surgieron verdaderas revueltas contra los británicos, con el riesgo de que se convirtieran en situaciones más grandes y que todo pudiera salirse de control.

Mi abuelo, que había tenido relaciones diplomáticas y de inteligencia durante todos los años de control italiano con los dignatarios locales y con los indígenas en general, continuaba siendo muy respetado y confiable para muchos etíopes y otros grupos étnicos presentes.

Los británicos eran conscientes de esto, por lo tanto, a menudo se dirigían a él y, gracias a esto, fue tratado incluso menos como un prisionero clásico (basta pensar que en muchas fotos tomadas durante su cautiverio, se le mostraba jugando al tenis en canchas perfectamente equipadas).

Debido al alto respeto que gozaba por ambas partes, a menudo era llamado por los nuevos gobernantes para mediar en problemas que surgían aquí y allá. Una noche, por ejemplo, fue recuperado por la policía militar inglesa porque había estallado una revuelta en un mercado indígena de Adís Abeba, lo que hoy llamaríamos kasbah.

Dado que parecía que la situación se les estaba yendo de las manos a las tropas coloniales inglesas y a los mismos ingleses, recurrieron a mi abuelo.

Después de unas horas, su mediación logró poner de acuerdo a todos y restablecer el orden, pero no sin consecuencias. La revuelta fue sofocada y la calma volvió a reinar en ese paraíso terrenal que era Adís Abeba; de hecho, la ciudad era un inmenso parque con una vegetación exuberante y casas dispersas en esta exuberante selva primordial.

Sin embargo, las balas silbaron toda la noche y mi abuelo regresó a casa muchas horas después con una grave herida en la pierna.

Solo había sido rozado por una bala, pero había perdido mucha sangre y la medicina en esos años y en esos contextos tenía grandes deficiencias. Afortunadamente, se recuperó y sanó, pero cojeó durante mucho tiempo después de ese incidente. Este y otros episodios similares lo pusieron, como ya se ha mencionado, cada vez más en evidencia también ante los ingleses, que a menudo en los años siguientes continuaron involucrándolo para resolver diversas cuestiones delicadas.

En su caso, precisamente estas experiencias de peligro de muerte vividas en esos años afinaron enormemente sus ya excelentes habilidades de investigación e inteligencia.

Yo mismo, carabinero retirado e investigador desde joven siguiendo los pasos de mi abuelo y mi padre, aunque nunca he luchado en una guerra donde la vida estaba en juego incluso como simple civil, me encontré a menudo en situaciones de grave peligro.

Me encontré, por ejemplo, en nuestra hermosa Cerdeña, una tierra maravillosa, conocida por la mayoría solo como un magnífico destino turístico de verano y excursiones.

Sin embargo, yo también la experimenté en el particular papel de carabinero poco después de que otros dos militares del arma fueran, lamentablemente, asesinados a tiros en Nuoro durante un puesto de control.

Tras ese trágico y triste episodio, el estado decidió intensificar los controles en esa parte de Cerdeña, aumentando la presencia de carabineros.

Yo, impulsado por el sentido de aventura, justicia y estado que siempre me ha animado, fui allí como voluntario. Se intensificaron los puntos de control y las redadas contra el secuestro.

Esta fue mi primera misión.

De esa encantadora tierra, llena de mucha gente fabulosa, sin embargo, también llegaría a conocer sus muchas peligrosas contradicciones.

De esas paradas para verificar, nueve de cada diez personas tenían, lamentablemente, antecedentes muy graves y, por lo tanto, los controles se llevaban a cabo como se hacen en zonas de guerra, y no como estamos acostumbrados a ver en nuestras ciudades: nuestros grupos de intervención estaban compuestos por al menos 8 hombres, pero hubo muchas operaciones en las que nos coordinamos con al menos 100 elementos.

El camuflaje y el chaleco antibalas, por ejemplo, eran la vestimenta normal en servicio.

Siempre estábamos al límite en áreas donde, por la noche, ni siquiera había luz pública durante kilómetros y kilómetros y la poca señalización estaba completamente perforada por balas que casi la hacían inutilizable.

También las redadas que solíamos comenzar generalmente a las 3 de la mañana, o incluso antes si recibíamos algún soplo, eran muy riesgosas.

Aunque todavía hay personas involucradas en estos eventos, no puedo entrar en demasiados detalles, pero basta con saber que allí, muchas veces, la situación estuvo realmente al límite, con enormes riesgos para mi seguridad y la de mis compañeros.

Otras experiencias muy peligrosas que ayudaron a mejorar mis habilidades de investigación las tuve en el ámbito civil, ocupándome durante muchos años de la seguridad con consultorías anti-secuestro, anti-atentado y anti-represalias o problemas similares.

Volviendo a los orígenes de nuestra empresa, una vez que mi abuelo regresó a casa después de la primera guerra mundial, comenzó a desarrollar su negocio en estas áreas, basándose en todo lo que había vivido y aprendido durante el conflicto.

La situación en esos años, sin embargo, estaba en constante evolución, como lo es hoy y inevitablemente, siempre lo será.

En cierto momento, se dio cuenta de que era necesario dar un gran salto para mantenerse líder en la industria. Analizando cuidadosamente la situación global, se dio cuenta de que los mejores servicios de seguridad e inteligencia capaces de proporcionarle las lecciones necesarias para llevar su negocio al más alto nivel en su país eran los israelíes.

Esto se hizo evidente años después en misiones espectaculares como la captura de Adolf Eichmann en Buenos Aires en 1960 o el trágico evento de las Olimpiadas de Múnich en 1972 y la operación que siguió para eliminar a todos los miembros del comando palestino.

La operación fue llamada "Ira de Dios" y fue autorizada inmediatamente después del ataque por la primera ministra israelí Golda Meir, concluyendo con éxito el 21 de enero de 1979 tras años de intensa y decidida actividad de inteligencia (o simplemente actividad investigativa).

En resumen, el Mossad, los servicios secretos israelíes, eran el modelo a seguir, y afortunadamente (quién sabe si fue solo suerte o la habilidad de tener los contactos adecuados) mi abuelo tenía en esos años un contacto en Israel, una persona que se convirtió en un querido amigo.

Era David Almog.

David Almog, al parecer, conoció a Moshe Dayan en prisión antes de la creación del estado de Israel.

Luego siguieron muchos otros desarrollos que no puedo contarles porque se pierden en el tiempo y en secretos, pero ese fue el punto de partida que nos llevó a la excelencia en nuestro campo.

En la cúspide de su carrera, mi abuelo se convirtió en presidente de la WAD, la mayor asociación de detectives del mundo, y conoció y se relacionó con personalidades destacadas como el Rey Juan Carlos de España y el Generalísimo Francisco Franco.

El amigo israelí le permitió, por lo tanto, perfeccionar al máximo nuestras metodologías ya de alto nivel, obviamente con toda la "humildad estructural" que puede tener una pequeña institución privada italiana en comparación con las fuerzas y recursos de un estado.

Pero no olvidemos que se pensaba lo mismo del pequeño estado de Israel en comparación con gigantes como Estados Unidos, Rusia o Irán.

Sin embargo, los objetivos del Mossad mostraron

que, si están bien motivados, bien preparados, bien organizados y con una determinación inquebrantable, no son las dimensiones lo que cuenta, no hay objetivo inalcanzable.

Israel ha enseñado al mundo que solo se necesitan 3 ingredientes esenciales: recursos económicos, tiempo y hombres capaces.

Mientras escribo este libro, tengo poco más de cuarenta años, en algunos momentos pensé en hacerlo una especie de manual para profesionales, pero luego me di cuenta de que sería aburrido y limitante, y quizás algo ya visto o leído.

Por lo tanto, preferí dirigir el texto hacia un diálogo más similar al que normalmente adopto cuando cuento historias investigativas en algunos seminarios que imparto o al tono que tengo en amenas charlas con mis amigos que siempre han mostrado interés en estos temas.

Son situaciones en las que noto cómo mis

interlocutores se sienten fascinados e involucrados al escuchar las emocionantes y misteriosas operaciones realmente llevadas a cabo por los investigadores de mi familia, a quienes llamo irónicamente "verdadera dinastía de detectives".

De hecho, durante todos estos años, de padre a hijo a través de tres generaciones, hemos trabajado con gran dedicación en nuestro serio trabajo como "investigador privado" y consultores investigativos. Lo que tendrán el placer de leer en los siguientes capítulos les llevará a ese mundo, a menudo inmerso en el jet set. Todo les hablará, en cualquier caso, de situaciones que realmente sucedieron.

Historias que no solo les involucrarán apasionadamente, sino que también les harán entender mejor la enorme utilidad, las múltiples implicaciones prácticas y las grandes ventajas competitivas que esta profesión ofrece a sus clientes. Todos entendemos fácilmente cómo una información estratégica, confidencial y recibida en exclusiva siempre es determinante en el resultado de cualquier tipo de confrontación.

Lo interesante será ahora, para ustedes, ver cómo se puede y se debe operar en el sector informativo para crear todas las condiciones para que esto suceda de la mejor manera posible.

Solo me queda desearles una buena lectura

TRAZAS Y PISTAS A SEGUIR

¿Qué sucede cuando hay que encontrar a una persona, cuando se necesita localizarla e identificarla? Sin duda, es necesario saber dónde está, conocer sus hábitos, a quién frecuenta, con quién ha estado, y conocer los lugares por donde se mueve o se movía.

Antes se seguían rastros físicos y sociales, y poco más. Si alguien desaparecía, se comenzaba por donde la persona había sido vista por última vez, y en función de lo que las últimas personas que tuvieron contacto con ella podían declarar o recordar, se empezaba a seguir alguna pista posible. Era un poco como ir de caza, donde las pistas a menudo se limitan a unas pocas huellas que, al menos, indican una dirección inicial.

Sin embargo, es necesario observarlas con más detalle y determinar si son recientes o no, si, según su profundidad y tamaño, pertenecen a un adulto o a un joven. Si es alguien que viste de forma deportiva, técnica o elegante.

Y a medida que se observan detenidamente las diferentes huellas, el buen "sabueso" es capaz de descifrar algún elemento que, seguido con paciencia, esfuerzo y determinación, tal vez le lleve a localizar a la persona buscada.

Hoy en día, con toda la tecnología que permea cada aspecto de nuestra vida diaria, las trazas se han multiplicado enormemente: se pueden seguir los movimientos de un vehículo comprobando los peajes en las autopistas, o las matrículas registradas automáticamente por cámaras; se rastrean los movimientos de una persona según el uso de dinero electrónico como tarjetas bancarias o de crédito; se analizan las conexiones a torres de telefonía móvil; se estudian las conexiones a internet desde smartphones, tabletas y Pcs.

Las cámaras de vigilancia, utilizando software biométrico, a menudo pueden identificar a una persona simplemente por su forma de caminar y moverse (por ejemplo, como se identificó al asesino Furchì en Turín); también están las consolas como Xbox o PlayStation, todas con sistemas para capturar imágenes del entorno donde están ubicadas; luego están las redes sociales como Facebook o Instagram... en resumen, dejamos rastros en todas partes... y casi todos son digitales.

Es importante enfatizar el "casi todos digitales", porque ahí está el problema. Cuando alguien quiere desaparecer y olvidarse completamente de la modernidad y lo digital, hoy en día son muy pocos los que aún pueden llevar a cabo una investigación "a la antigua" donde el factor humano y la habilidad personal al estilo Sherlock Holmes hacen una gran diferencia.

Cualquiera que quiera ser y seguir siendo un excelente detective, NUNCA debe perder la habilidad de seguir rastros como un depredador lo haría siguiendo a su presa.

Solo eso en muchos casos difíciles, incluso en la era tecnológica actual, marca la diferencia.

El instinto y la preparación nunca deben ser olvidados en favor de la tecnología, que siempre debe ser solo una herramienta. Piensa, por ejemplo, en todos los "gadgets investigativos" que ofrece el mercado, como microcámaras ocultas en monturas de gafas, botones de camisas, o perfectamente escondidas en la parte de un nudo de corbata. Son todos herramientas de gran ayuda, antes impensables.

Sin embargo, incluso aquí, debes saber cómo usarlos adecuadamente para evitar problemas con la ley o simplemente correr el riesgo de ser descubierto, arruinando todo el esfuerzo invertido en muchas horas de trabajo.

Un ejemplo que puede ilustrar bien el problema de confiar demasiado en el equipo que tienes se puede describir en un episodio de vigilancia y seguimiento que me ocurrió una vez en Liguria.

En esta circunstancia, una de las joyas tecnológicas que usaba era un maravilloso localizador GPS miniaturizado que, si hubiera confiado completamente en él, habría invalidado totalmente horas y días de mi trabajo.

Los localizadores satelitales son dispositivos verdaderamente asombrosos porque permiten monitorear, de forma remota y en tiempo real, todos los movimientos de un vehículo, incluyendo la salida, las paradas intermedias, la velocidad de viaje y los puntos de llegada.

En el peor de los casos, el margen de error es de solo

unos pocos metros.

Se ve todo en un mapa digital directamente en tu smartphone. Los beneficios operativos son realmente significativos.

Me encontraba precisamente en un lugar en Liguria, desde las primeras luces del amanecer de un lunes de diciembre. Estaba en una zona industrial y tenía que esperar la llegada de mi "presa".

Me habían asegurado que llegaría al lugar de trabajo antes de las 9:00 porque tenía una reunión programada. También se me informó que llegaría en un coche específico, del cual se me dio la matrícula. Tuve que llegar muy temprano para poder posicionarme de la mejor manera posible, para no ser notado durante la vigilancia que podría haber durado mucho tiempo.

Una vez que llegó el objetivo, el plan inicial era esperar el momento adecuado y luego, con un truco, colocar rápidamente un localizador debajo del coche, equipado con imanes muy potentes.

A partir de ese momento, se podría haber seguido desde una distancia, con máxima discreción y con pocos vehículos involucrados.

Tenía que identificar en el camino entre su casa y el trabajo dónde solía detenerse, qué rutas prefería y, finalmente, dónde vivía realmente porque el cliente no tenía esa información y tampoco estaba disponible en las bases de datos que había consultado. Bueno, llegó a las 9:30, un poco tarde, pero afortunadamente con su coche, como se me había informado. Lo estacionó en una plaza frente a la empresa donde trabajaba y luego entró en la oficina.

En la hora siguiente, pude colocar el localizador y probarlo: todo parecía estar en orden y funcionar perfectamente, solo tenía que esperar.

A pesar del localizador, ese primer día decidí quedarme cerca porque sabía perfectamente que el mundo de la investigación y la inteligencia siempre está lleno de imprevistos y nunca se debe confiar completamente en las herramientas que la tecnología nos ofrece. Justo como este ejemplo quiere resaltar.

Las horas pasaron y el sujeto no salió durante el almuerzo. Tampoco lo hizo a media tarde cuando salieron sus colegas.

Fue literalmente el último, con las oficinas completamente vacías, a las 19:00.

Esta persona trabajaba para una gran compañía de alquiler de autos y, contrariamente a lo que debería y podría haber hecho, salió y se subió a otro coche estacionado en la plaza, sin tocar el suyo con el que había llegado por la mañana.

De repente, el localizador, que había sido una herramienta extremadamente útil, se había vuelto completamente inútil. Por un momento dudé de si realmente era él.

Tenía fracciones de segundo para decidir si seguir

ese nuevo coche en el que parecía haberse subido. Después de todo, solo había podido ver a esa persona en vivo durante unos segundos por la mañana cuando había caminado desde su coche a las oficinas donde trabajaba.

Siempre he tenido una enorme y muy útil capacidad para reconocer personas incluso desde una gran distancia gracias a una combinación de elementos que puedo notar en su manera de moverse, absolutamente característicos y únicos.

Como ya he explicado, es lo mismo que pueden hacer algunos software biométricos aplicados a las cámaras de vigilancia. Sin embargo, en este caso fue mi ojo el instrumento de captura de imágenes. Estaba oscuro y solo esta habilidad mía "visual", sumada a la experiencia e intuición, me decía que esa persona, cuyo rostro no podía ver debido a la escasa luz, era él.

Por lo tanto, no tenía la certeza matemática de que

realmente se tratara del sujeto correcto, aunque mi sexto sentido me decía que sí.

Después de todo, el coche que había verificado su llegada y bajo el cual había colocado el GPS, había estado estacionado tranquilamente durante nueve horas y no mostraba signos de movimiento.

A pesar de todo, decidí seguirlo y arranqué como un rayo. Conducía de manera decididamente dinámica, con velocidades altas y constantes adelantamientos, incluso en carreteras que no se lo permitían.

Gracias a la oscuridad y a mi habilidad, logré seguirlo hasta un gimnasio donde se detuvo durante una hora. Luego arrancó de nuevo y poco después tomó un camino secundario que parecía ser casi privado. Decidí en ese momento detener la persecución en coche para no ser descubierto y continuar a pie: la carretera parecía demasiado aislada para no llamar la atención con mi coche. Efectivamente, 200 metros después, el camino terminaba frente a una puerta que daba a una casa rodeada de arbustos.

En el patio vi el coche que había seguido frenéticamente hasta hace unos momentos y, descubrimiento excelente, en el timbre estaba el apellido de mi "presa".

Así que no solo había seguido a la persona correcta, sino que ya había identificado su casa.

La adrenalina que sentía después de esa persecución en las sinuosas curvas de la carretera costera, gracias también al excelente resultado final, compensaba las muchas horas pasadas esperando ese día.

Mi instinto y habilidades me habían llevado a tomar la decisión correcta en el momento crucial, por lo que el factor humano y no la tecnología.

Toda la semana, además, continuó con vigilancias y seguimientos como el primer día porque el sujeto, aprovechando los vehículos de la empresa para usar su tanque lleno de combustible, no tocó su propio coche hasta el viernes por la noche.

Este ejemplo sirve solo para entender lo fácil que es equivocarse hoy en día cuando se decide, por comodidad, confiar completamente en la tecnología, que en este caso me habría dicho, paradójicamente, que esa persona no se había movido del lugar de trabajo durante una semana...

LAS FUENTES

Para muchos, y para nosotros los Manzini en primer lugar, las fuentes en el mundo de las investigaciones y la inteligencia son esenciales. Lo digo porque verdaderamente son la base de todo.

Cada investigación, cada punto de partida debe ser seguro y completamente confiable.

De lo contrario, correríamos el riesgo de seguir caminos equivocados que llevarían a un callejón sin salida. Cada investigador, y diría que también cada periodista y agente investigativo, ya sea de las fuerzas de seguridad o de la inteligencia, cada uno de ellos, que merezca ser llamado "profesional", sabe exactamente cuán esenciales son sus fuentes y, por lo tanto, las protege con celo y siempre las mantiene en el más estricto secreto.

Una fuente bien establecida, obviamente, no se encuentra en el mostrador de un supermercado o expuesta en internet y, dado que, como mencioné antes, quien tenga la suerte de tener algunas las guarda para sí mismo, la única forma de tener un buen grupo de trabajo y fuentes confiables y "certificadas" es conocerlas en el campo, con el tiempo, con mucha calma y paciencia.

A veces las fuentes aparecen de manera inesperada, pero hay que saber reconocerlas.

Claro, al venir de una familia de investigadores de tres generaciones, en mi caso el trabajo fue facilitado porque heredé algunas, pero con el tiempo todos envejecemos y "pasamos la antorcha".

Lo mismo sucedió con mis fuentes. Así que también tuve que seguir adelante y no descansar en los laureles del pasado basándome solo en lo que había heredado. Para ciertos tipos de información, las fuentes deben buscarse directamente en la calle, ya que a menudo es allí donde surgen ciertas situaciones y, por lo tanto, es donde se encuentran los primeros elementos sensibles e interesantes para la investigación.

Sin embargo, se sabe que las investigaciones pueden tomar giros inesperados, por lo que es necesario tener fuentes para todos los diversos desarrollos posteriores, también en el ámbito informático o tecnológico en general, porque hoy en día casi todo pasa por computadoras, internet y teléfonos móviles. No olvidemos que otra información solo circula en mundos cerrados y elitistas, por lo que también es necesario tener contactos en ámbitos periodísticos, institucionales, políticos, profesionales, religiosos, etc...

Luego, si un consultor investigativo también tiene la "suerte" de tener contactos en algunos círculos de la verdadera inteligencia, ya sea italiana o de naciones extranjeras de alto nivel, es obviamente aún mejor. En resumen, al igual que en la profesión investigativa se necesita un enfoque multidisciplinario, del mismo modo se necesita contar con el mayor número posible de fuentes. Como decía, es fundamental que cuando proporcionen una información, esta sea confiable y, si es posible, verificada y certera.

Quien trabaja seriamente desecha, inmediatamente y al primer error, a aquel que proporciona noticias que luego resultan ser falsas, desfasadas o simplemente demasiado alteradas. Por lo tanto, comprenderán que es un ambiente del cual es sabio hablar lo menos posible. Sin embargo, para el puro entretenimiento del lector, contaré un episodio que involucra a actores casi todos desaparecidos o ya no relacionados con los hechos que narraré y luego, como a menudo digo en este libro... cualquier referencia a personas o hechos es puramente casual y no intencionada y, en la mayoría de los casos, producto de mi fértil imaginación...;-)

Hace muchos años, mientras regresaba a casa, mi abuelo Ernesto Manzini se dio cuenta de que en una pequeña calle había unos chicos vestidos de manera simple, con el aspecto clásico de quienes están a punto de cometer un robo o algo similar.

A pesar de ser joven y estar en forma, Ernesto Manzini tenía el ojo agudo de un buen policía y estaba seguro de que algo estaba a punto de ocurrir. Antes de ejercer libremente, había estado años en la policía, pasando también por servicios secretos, y por experiencia sabía que raramente se equivocaba cuando tenía esas percepciones.

En ese momento, se encontraba en Turín, en la calle San Maurizio en la esquina con la calle Buniva, y esos dos chicos cerca de una carnicería simplemente no le encajaban. Tampoco estaba convencido del coche que había distraído su atención al frenar bruscamente para aparcar, como si su conductor tuviera un encargo muy urgente que hacer.

Pero el hombre que llegó en ese coche y aparcó dos coches más adelante de donde estaba Manzini, al bajar miró alrededor y se fue en la dirección opuesta a esos dos chicos, quienes parecían actuar de manera sospechosa cerca de la carnicería.

Viendo que ese hombre se alejaba, Manzini pensó por un momento que había notado un detalle no relevante y decidió dejar de lado ese último elemento incoherente. En ese momento, todo el contexto era anómalo y estaba seguro de que algo iba a pasar, porque su instinto nunca lo había traicionado. Así que volvió a concentrarse en los dos adolescentes. Y, de hecho, unos segundos después tuvo la confirmación.

Cuando el único cliente en la carnicería salió, los dos entraron rápidamente.

Manzini decidió intervenir acercándose a la tienda

en calle Buniva, al menos para asegurarse de que no se estaba equivocando, pero mientras intentaba recorrer los 100 metros que lo separaban de esa tienda, ocurrió lo impensable.

En fracciones de segundo, el joven que había llegado en el coche entró también.

El coche había quedado aparcado en el mismo lugar inicial en la calle San Maurizio, de esto Manzini estaba seguro porque no lo había perdido de vista, y evidentemente el chico había dado la vuelta a la manzana entera hasta llegar a la misma tienda donde habían entrado los dos chicos, pero entrando desde la dirección opuesta. Aún más sorprendente, un parpadeo después, dos policías que acababan de terminar su turno y desconocían lo que estaba ocurriendo, se detuvieron frente a la carnicería.

Uno de ellos, se supo después, había prometido a su esposa que le compraría carne para esa noche. Aparcaron y entraron. Manzini, que ya había llegado a la carnicería, entendió que todo ya había sucedido. De la reconstrucción de esos momentos agitados que ocurrió poco después en la comisaría, se reveló que el chico mayor asumió la culpa del intento de robo a la carnicería. Mi abuelo pudo estar presente durante los interrogatorios porque afortunadamente tenía muchos contactos en ese entorno.

Del intento de robo, Manzini dedujo que probablemente solo los dos menores que rondaban esa tienda estaban involucrados, y de los cuales él se había percatado antes de que estallara todo el alboroto. Se descubrió que el joven que había llegado rápidamente en el coche era el hermano mayor de uno de los dos y, sospechando que su hermano pequeño y su amigo estaban a punto de hacer una tontería en esa área, había acudido rápidamente para tratar de detenerlos a tiempo.

Lo que, a pesar de él, durante unos pocos segundos y debido al extraño giro de los acontecimientos, evidentemente no pudo hacer.

Sólo logró evitarles la cárcel, un poco por su corta edad y un poco por la intercesión de Manzini, que habló poco después de conocer los hechos con el jefe de policía, su querido amigo.

Acordaron que la culpa podría recaer en el hermano mayor, que de hecho se había declarado culpable.

El carnicero también dio su aprobación impulsado por la juventud de los dos jóvenes, que además tenían la atenuante de haber entrado completamente desarmados. Obviamente el joven, a quien a partir de ahora llamaremos el siciliano, era un hombre de buen corazón.

No me malinterpreten, era duro y, además, había crecido solo en las calles, pero sabía distinguir el bien del mal, y esa vez, con todas sus fuerzas, intentó mantener a los dos chicos en el camino recto: su hermano y su amigo.

Manzini, en esos pocos segundos en que cruzó su

mirada en calle San Maurizio cuando el siciliano bajó del coche y miró a su alrededor en busca de los dos, vio una profunda desesperación en los ojos de ese hombre, pero también un brillante y intenso resplandor de honestidad.

Manzini descubrió que, años atrás, el siciliano había cometido algún pequeño delito de tipo depredador (en otras palabras, algún pequeño robo) pero, y sin justificarlo, sólo para mantener a su madre y hermanos. Además, sin que nadie resultara herido. Parece que había cometido esos delitos menores porque había quedado huérfano de padre poco tiempo antes y la familia de repente se encontró sin ninguna fuente de ingresos.

Esto fue lo que se supo sobre el pasado del hombre, en cuanto al presente, resultó que ya llevaba dos años trabajando en un trabajo honesto y arduo en los mercados generales, donde cada mañana al amanecer se rompía la espalda descargando cajas y cajas de mercancía cuando todavía estaba oscuro a su alrededor. Obviamente estaba claro para todos, y para él el primero, que esa detención habría interrumpido abruptamente ese camino de "redención" y vida honesta. Su familia también lo habría sentido, dejando de recibir ingresos con su arresto... al menos hasta que intervino Manzini. Manzini logró conseguirle la defensa de un buen abogado y gracias a ello se le impuso una pena de sólo un año de cárcel.

Mientras tanto, Ernesto proporcionó para la familia del siciliano, sin dejarles faltar nada.

Después de un año, justo antes de su liberación, Manzini le hizo una última visita en la cárcel y le ofreció trabajar para él, dándole la oportunidad de empezar de nuevo y hacerlo honestamente. Obviamente, esta persona no podía creer lo que oía y, al agradecerle sin cesar por el apoyo brindado a su familia durante su encarcelamiento, trató de rechazar la parte remunerativa de esa oferta diciéndole que trabajaría gratis.

Pero para mi abuelo no era normal que alguien trabajara sin ser pagado: un trabajo serio tenía que ser categóricamente y adecuadamente remunerado, por lo que fue inflexible en este punto.

Dada la intransigencia de mi abuelo, el siciliano aceptó y añadió que entonces le sería fiel de por vida. De hecho, después del período inicial de adaptación, comenzó a trabajar de forma asidua y continua para Manzini hasta que, muchos años después, tomó su propio camino.

Esta persona, aunque siguió comportándose bien en la vida, nunca perdió ciertos contactos y fuentes de su círculo de la adolescencia y continuó pasando información muy delicada, cierta y verificada a Manzini con discreción y lealtad absoluta, y realizando, de vez en cuando, misiones muy confidenciales.

Muchos años después, cuando mi abuelo Ernesto ya había fallecido hace tiempo y yo había estado involucrado activamente en el sector durante algunos años, tuve el placer y la suerte de conocer esta "fuente" que, por supuesto, estaba comenzando a retirarse de roles operativos porque ya no era tan joven. Nos encontramos casi por casualidad, digamos, y logramos colaborar productivamente durante un tiempo.

Cuando lo conocí, solo se encargaba de partes informativas debido a su edad avanzada, pero pude experimentar la lealtad absoluta y discreción total que muchos años antes había jurado a mi abuelo en agradecimiento y que, como hombre de honor, había mantenido, a cualquier costo, durante toda su vida, incluso hacia mí.

Este es un ejemplo de lo que quería decir con "fuente confiable" y de lo complejo, detallado y largo que es hacer el scouting adecuado, para tener un equipo completo y exhaustivo de fuentes en las que siempre se pueda confiar.

En otras palabras, dado que el factor humano todavía juega un papel fundamental, sin fuentes confiables, muchas investigaciones seguramente se estancarían en las primeras etapas o irían completamente por el camino equivocado, como lamentablemente las noticias a menudo nos muestran.

UN PIONERO DE LA INDUSTRIA

En años recientes, a principios del 2000, también falleció el segundo de los dos protagonistas de esta historia y, por esta razón, ahora puedo contársela, aunque con algunas modificaciones necesarias para respetar la privacidad de las personas involucradas. Todo comienza en Italia, estamos en Turín, en la calle Accademia Albertina, nos encontramos en el histórico estudio Manzini Investigaciones, afuera la niebla y el frío invernal, mientras que en el interior, de vez en cuando, los preciosos candelabros de Murano que, iluminados por la tenue luz del fuego en la sala de reuniones, comenzaban a oscilar ligeramente creando relajantes juegos caleidoscópicos de luz en las paredes.

Esta ocasional y delicada danza era causada por las pequeñas y envolventes vibraciones del tranvía que pasaba por la calle.

Ocurría en todos los edificios de las principales calles de Turín en aquellos años cuando este particular medio de transporte pasaba. Estamos en los años 70 y una de las características de esta hermosa ciudad era precisamente el tranvía con su familiar y reconfortante ruido.

Siempre he pensado que los tranvías son medios de transporte muy fascinantes y, en años recientes, en Turín, algunos de ellos han sido restaurados y convertidos en hermosos restaurantes itinerantes para turistas y parejas románticas.

Era común en nuestro trabajo que las reuniones con los clientes, principalmente industriales, tuvieran lugar en sus hogares privados, pero esa tarde de otoño no fue así. Al atardecer, el portero comunicó que un cliente había llegado al estudio.

Ya estaba oscuro fuera y la niebla contribuía a crear un ambiente misterioso y fascinante.

Acordamos con el portero permitir que el auto de nuestro cliente entrara al patio.

Unos segundos después, llegó a la recepción en el primer piso. Había solicitado reunirse en nuestro estudio porque amaba la atmósfera particularmente relajante que se creaba en esa época del año.

El Caballero Rolli (este será el nombre ficticio con el que lo llamaremos) era un empresario del Piamonte de la vieja escuela, en el sentido de que siempre hablaba en dialecto, era directo y decidido y tenía una visión iluminada, global y moderna de la economía.

Era un empresario mecánico que había visto y comprendido antes que otros cuánto podría revolucionar la robótica en la industria automotriz, que en ese momento estaba en pleno auge en Turín. Hasta ese momento, los cambios tecnológicos en la industria habían sido siempre lentos y progresivos, pero esto, la robótica, cambiaría y aceleraría vertiginosamente el futuro.

Hoy, lo que en ese entonces era solo "su visión", está a la vista de todos. Se presentó en la sala de reuniones, acompañado por la secretaria de Manzini Investigaciones.

Antes de despedirse, preguntó al invitado y a Ernesto Manzini si les gustaría un té.

Ambos asintieron y pocos minutos después estaban sentados en cómodos sillones frente al cálido y envolvente resplandor de la chimenea que adornaba el estudio, listos para discutir el motivo de esa reunión.

El problema que el Cab. Rolli expuso era más o menos el siguiente: meses antes había tenido una idea, según él genial, combinando algunos mecanismos ya existentes y automatizándolos. Había esbozado algunos bocetos, esquemas y principios de funcionamiento, se los había entregado a un ingeniero que trabajaba para él y le había pedido que los desarrollara. Sin embargo, pocos días después, sin ningún aviso previo, el ingeniero había renunciado y se había ido a la competencia, llevándose consigo todo, incluso esos valiosos proyectos que no le pertenecían.

Había escuchado rumores de que esta persona había comenzado a trabajar en un pequeño equipo de ingenieros mecánicos muy talentosos, posiblemente contratados por un fabricante de automóviles.

Ahora, como resultado de ese robo, era ese equipo quien podía producir esos robots que revolucionarían las líneas de montaje de automóviles donde, hasta entonces, la robótica avanzada aún no había hecho su aparición.

El problema surgía porque para ser los primeros en el mercado en esa carrera contra el tiempo con esa innovación, era esencial recuperar esos proyectos, literalmente robados por ese astuto empleado durante su salida. El Caballero Rolli quería recuperar esos proyectos y esquemas revolucionarios a toda costa. Aún tendría que desarrollarlos más, pero ese inicio era esencial para él.

Este cliente ya había conocido a Ernesto Manzini durante muchos años y confiaba plenamente en él, tanto que ya le había confiado la seguridad personal de él y su familia.

Además, mi abuelo, nacido en el Valle de Aosta, disfrutaba hablando con él en piamontés, lo que había creado afinidad y confianza mutua desde el primer encuentro.

En muchos aspectos, ambos eran revolucionarios y muy adelantados a su tiempo.

Esa crucial reunión duró aproximadamente una hora, los dos identificaron quizás el único talón de Aquiles del equipo de ingenieros y mi abuelo se tomó unos días para evaluar la viabilidad y el costo de la operación.

Luego, el Caballero Rolli se dirigió a la puerta, bajó las escaleras del edificio y fue al patio, donde su chofer lo estaba esperando.

Su coche desapareció en la niebla en pocos metros.

Una semana después, los dos se encontraron nuevamente para hablar y esta vez decidieron hacerlo de manera menos formal, almorzando juntos en el histórico restaurante Del Cambio en la plaza Carignano, el mismo restaurante donde Camillo Benso di Cavour solía almorzar durante la unificación de Italia.

Enfrente, en el Palacio Carignano, que daba nombre a esa encantadora plaza saboyana, había nacido uno de los reyes de Italia, y ese hermoso palacio barroco había sido sede del primer parlamento subalpino.

Ambos entraron al restaurante y tomaron una mesa.

Mi abuelo había encontrado una forma, quizás, de acceder a esos proyectos.

La operación tenía algunos riesgos y los costos no eran bajos, pero al final, después de un típico almuerzo piamontés en ese histórico y sugerente templo del sabor acompañado de un buen vaso de barolo, llegaron a un acuerdo: la operación se llevaría a cabo y sería muy beneficiosa para ambos. Esta operación se llevaría a cabo aproximadamente 15/20 días después, para tener tiempo de organizar todo y estudiar cada detalle de esa actividad.

Después de mil peripecias y dificultades, mi abuelo logró en un par de semanas más recuperar todos esos esquemas fundamentales e innovadores y los pasó rápidamente al Caballero Rolli.

En ese punto, era su equipo de ingenieros el que tenía que mejorar y desarrollar el proyecto, y tendría que hacerlo en tiempo récord para ser el primero en patentar e introducir tal innovación en el mercado. Se descubrió que el adversario no era un cualquiera, ya que se trataba de uno de los mayores fabricantes de automóviles de esos años en Italia.

De hecho, fue él quien, tras bambalinas, persuadió a ese ingeniero para cambiar de bando, incluyendo el "robo" de los valiosos proyectos.

A pesar de esto, el primero en conquistar el mercado con esos robots fue el Caballero Rolli, quien posteriormente fundó una empresa de robótica.

Todo esto gracias al trabajo oportuno y resolutorio realizado por mi abuelo.

En ese punto, esos robots habían adquirido un valor inestimable porque se podrían vender incluso a fabricantes extranjeros en todo el mundo, en otras palabras, el público de potenciales compradores se había vuelto verdaderamente ilimitado.

Poco después, la revancha del Caballero Rolli fue completa.

De hecho, decidió vender toda su empresa de robots precisamente al gran titiritero que había intentado robarle todo, pero, por supuesto, lo hizo exigiendo una suma exorbitante, justo para hacerle entender que habían robado los proyectos a la persona equivocada.

Tuvo su justa venganza y lo hizo con gran clase. Esta operación nunca se podrá contar en todos sus detalles, pero fue una gran operación de inteligencia, afortunada sí, pero también orquestada magistralmente y concluida de manera espectacular.

LA HERENCIA

En el trabajo investigativo y de seguridad, es necesario siempre gozar de la máxima confianza por parte de los propios clientes.

En el dúo cliente-profesional, es necesario ser vistos casi como "el mejor amigo".

Como alguien a quien se puede decir cualquier cosa en cualquier momento, seguro de no ser juzgado y seguro de obtener siempre el mejor consejo posible.

Obviamente, es un papel difícil de obtener, se gana con el tiempo, pero puede llegar a ofrecer enormes satisfacciones a ambas partes involucradas.

El caso que voy a contar ahora es un término medio, porque concierne a un cliente que siempre ha acudido a nosotros, involucrándonos en cada asunto de su vida para obtener nuestros valiosos consejos, que siempre ha seguido "al pie de la letra" basándose en esta confianza absoluta.

Siempre, excepto la vez que me dispongo a describir, en la cual, lamentablemente, no todo salió de la mejor manera.

Era mediados de agosto, de hace algunos años... había tenido un año muy intenso y estaba a punto de disfrutar de unos días de merecido descanso, cuando recibí una llamada de un querido cliente. Fue una conversación muy cordial.

A pesar de la gran diferencia de edad, siempre tuvimos una buena conexión.

Ambos sabíamos que no había momento del año en que no pudiéramos encontrarnos o vernos, especialmente por razones de trabajo, ya que nos ocupábamos de su seguridad personal y, por lo tanto, el hecho de que esta llamada tuviera lugar cerca del 15 de agosto no sorprendió ni alarmó a nadie.

Mi interlocutor era un hombre de gran éxito, había logrado impresionantes resultados en su vida laboral, tanto en Italia como en el extranjero, algunos de ellos gracias a nosotros.

Cuando se acercó a nuestra agencia por primera vez, muchos años atrás y aún en tiempos de mi abuelo, ya era un hombre destacado y nos involucró porque tenía miedo por su integridad física.

Dado que en esa primera fase nos remontamos mucho en el tiempo, yo, que entonces era solo un niño, no estuve involucrado.

El período en el que tuve el placer de conocerlo directamente y asistirlo con mi asesoramiento fue precisamente la fase final de su vida. Afortunadamente, esta fase fue, en cualquier caso, un período bastante largo.

Digo afortunadamente porque fue una colaboración siempre muy constructiva y emocionante que logró ofrecer mucho, en todos los sentidos, a ambos.

Volviendo a la llamada de esa mañana de verano, intercambiamos algunas palabras y luego acordamos una cita en su oficina.

El personal en sus oficinas estaba reducido debido a la época del año, pero la operatividad estaba garantizada por la presencia del personal que ya había tomado vacaciones el mes anterior.

Mi período de descanso, sin embargo, fue definitivamente pospuesto, pero no me molestó dada la pasión con la que siempre he seguido a mis clientes.

La satisfacción que siempre he sentido ha sido tal que nunca he percibido esta actividad como agotadora, a pesar del esfuerzo desplegado, incluso en pleno verano.

La mañana siguiente a las 11 fui recibido en su oficina ubicada en pleno centro de la ciudad, una oficina que visitaba con regularidad, muy elegante y distribuida en varios pisos.

Él mismo me abrió la puerta y me guió hasta su oficina personal. La asistente que nos seguía por el pasillo nos preguntó qué deseábamos para acompañar nuestra reunión; simplemente opté por un café y él hizo lo mismo.

Nos acomodamos y comenzamos a hablar sobre su problema. A lo largo de los años, siempre había sido una persona muy cuidadosa y prudente, y muchos pasos delicados que tuvo que tomar, siempre los hizo solo después de haberse consultado previamente con nosotros, enfatizo "siempre" y "previamente"... pero no esta vez, lamentablemente. Esta vez, en efecto, me estaba consultando de manera inusual sobre un problema que había surgido tras un evento que ya había ocurrido meses atrás y del cual solo había sido informado.

El problema ocurrió porque meses antes, precisamente por cuestiones de confidencialidad, nuestro cliente no había considerado necesario informarnos de que cierto día, en su oficina, se llevaría a cabo la lectura de un testamento muy delicado para los herederos de una conocida y acaudalada familia.

El problema fue que, durante la lectura de ese documento, se dieron cuenta de que alguien había puesto un dispositivo de escucha en la sala, por lo que esa lectura no había sido tan confidencial como debería haber sido.

Aunque se verificó que alguien había escuchado ese delicado intercambio de información, no se pudo determinar quién estaba realmente detrás de todo. Solo se encontraron los dispositivos en la sala y a los hombres que escuchaban en la calle, quienes solo actuaban como intermediarios para un tercero que estaba escuchando.

Pero no se pudo determinar dónde estaba este último. Por lo tanto, se entendió de inmediato que las partes identificadas eran solo las marginales de un escenario mucho más complejo.

Las lagunas que quedaban podían sugerir horizontes potencialmente preocupantes para mi cliente.

Temía lo peor porque, después de ese evento, presentó una denuncia ante la fiscalía, pero misteriosamente parecía que el caso no avanzaba en su proceso, lo que hacía muy plausible que alguien poderoso estuviera interfiriendo con su influencia, incluso obstaculizando el avance judicial normal. Por lo tanto, era esencial descubrir quién había ordenado ese acto de espionaje tan agresivo.

Me explicó que, hasta dos días antes de ese delicado evento, ni siquiera se había decidido en qué sala se llevaría a cabo esa lectura tan delicada a los interesados y, sin embargo, una vez decidido, se informó a muy pocas personas.

Sin embargo, algún elemento en esa gestión había tenido algo que había salido terriblemente mal, al menos porque alguien había logrado colocar esos dispositivos en la habitación correcta.

Me hice dar la lista de los presentes el día que sucedió todo y le pregunté si tenía alguna hipótesis sobre quién podría haber tenido un interés directo en conocer el contenido de ese testamento.

Excluimos, obviamente, a los curiosos que, dada la gente involucrada, podrían haber sido muchos, pero todos sin duda sin los medios adecuados para concebir y llevar a cabo una operación de inteligencia tan costosa como inevitablemente había sido esa.

Intentamos también excluir a algunos "enemigos" específicos para poder reducir el rango, ya que incluso entre los enemigos, como se mencionó, se necesitarían los medios necesarios para llevar a cabo una operación de espionaje tan detallada e invasiva. Dada la gente involucrada, era difícil creer que alguien quisiera embarcarse en una operación de esa magnitud y, más aún, que fuera capaz de llevarla a cabo. Pero a pesar de eso, alguien lo había logrado.

Mi cliente tampoco tenía las ideas muy claras, porque la situación lo había sorprendido mucho, ya que los herederos que habían participado en esa lectura tenían todos excelentes servicios de seguridad personal, por lo que definitivamente no habían llegado a esa reunión desprevenidos.

De hecho, a pesar de todas las reflexiones hechas en ese lugar, no pudo señalarme a ningún sospechoso específico. Sin embargo, yo nunca he confiado en nadie y él lo sabía, sabía que cuestionaría la seriedad de todos los involucrados en ese asunto y, como un perro guardián, no "soltaría el hueso" hasta obtener resultados.

Y por eso vino a mí en esa circunstancia.

Sabía con certeza que en términos de contactos y conocimientos, no era segundo para nadie.

En otras palabras, yo era la única oportunidad que tenía para encontrar una solución al problema que me había planteado.

Me tomé un tiempo y, de hecho, llevó mucho tiempo porque, debido a los nombres prominentes involucrados, encontré mucho silencio por varias y obvias razones de oportunismo.

Muy pocos habían estado involucrados en esa operación y definitivamente eran personas altamente capacitadas, verdaderos profesionales en el campo, que habrían dejado detrás de ellos muy pocos rastros, algunos de los cuales eran incluso intencionalmente falsos.

Además, siendo profesionales, incluso si se identificaban, es poco probable que admitieran cualquier involucramiento.

Seguramente habían sido muy bien pagados, lo que habría contribuido aún más a su discreción y habría dificultado encontrar elementos útiles para identificar al instigador o instigadores.

No me desanimé y comencé a informarme en los

entornos específicos de las tecnologías involucradas, me preocupé por recopilar información sobre los antecedentes laborales, las conexiones familiares y cualquier presión o influencia que los diferentes actores involucrados podrían haber sufrido.

Analicé las diversas oportunidades que esa "fuga" de noticias podría haber brindado a quienes ya tenían todo. En pocas palabras, estaba buscando a quien podría haber obtenido el máximo beneficio incluso en una situación donde todos parecían ya disfrutar de todas las posibles ventajas de la vida.

Aquí, sin embargo, no debíamos olvidar que estábamos hablando de dioses en la tierra, no de simples mortales, por lo que, quizás, los esquemas ordinarios debían ser trastocados.

Después de estructurar la investigación de manera muy compleja y tras haber enviado a todos los informantes posibles con la mayor discreción, logré descartar muchas pistas falsas y callejones sin salida y ahora tenía en mis manos sólo un par de esquemas plausibles. Sin embargo, era esencial decidir cuál de los dos seguir para no cometer errores en procedimientos que no se podrían repetir más de una vez sin correr el riesgo de ser "detectados", algo que me pidieron específicamente que no ocurriera. Afortunadamente, esa voz interior que a veces solía intervenir en mi cabeza en momentos clave, sugiriéndome siempre la elección correcta, decidió hacerse oír justo en ese momento y me guió sobre cuál de ellos elegir.

Así, tomé la mejor decisión. Descubrí que había una persona que había sido excluida de esa parte de la herencia, a pesar de tener derecho a ella.

De hecho, ni siquiera estaba entre los "invitados" a esa lectura.

Esta persona había recibido anteriormente una parte de la herencia, pero principalmente relacionada con el capital líquido del fallecido y no con la parte vinculada a las empresas, que resultó ser mucho mayor con el tiempo.

Esto era extraño y me guió aún más hacia la persona que sospechaba que podría ser el instigador.

Esta persona, evidentemente, no consideraba suficiente lo que ya había recibido.

Al ser de los mismos rangos elevados, tenía el interés y los medios para llevar a cabo una operación de espionaje de ese tipo.

Sin duda había identificado al instigador.

Descubrí quién en la ciudad donde se llevó a cabo esa operación tenía los medios técnicos para realizarla e identifiqué una única empresa, que era la única en todo el norte de Italia con esas tecnologías y habilidades.

Tal vez en este punto también había identificado a los técnicos que habían orquestado la operación.

Ahora, para que mis suposiciones tuvieran sentido, también era necesario identificar quién, con tan poca anticipación, había indicado el día, la hora y el lugar donde se abriría el testamento.

Aquí, las opciones se reducían aún más: había menos de 10 personas presentes en la reunión y tenía que ser uno de ellos. Excluyendo a mi cliente y a los herederos presentes en la lectura, no quedaban muchas opciones.

Así, identifiqué al único sujeto que, en mi opinión, pudo haber jugado de manera tan astuta a dos bandas.

En resumen, con mucho esfuerzo, dinero y tiempo, había reducido las opciones a tres sujetos: el instigador, los ejecutores y el doble agente (el topo) que pudo haber preparado y ejecutado esa operación. Han pasado ya tres meses desde que me encargaron esa investigación ultra secreta y finalmente tenía una pista sólida.

Ahora sólo tenía que "encontrar" las pruebas que confirmaran que el esquema y las personas que había identificado eran las correctas.

La investigación a menudo se basa en hipótesis que, con paciencia y escrupulosidad, deben ser confirmadas. Una buena dosis de intuición y deducción también son útiles para completar la receta mágica.

Descubrí que el topo había utilizado la colaboración material de dos ejecutores, que además eran sus guardaespaldas, y estaban pagados por una entidad pública.

Sin embargo, estaban totalmente a su disposición y le eran fieles. También eran sujetos bastante oportunistas y, por lo tanto, fácilmente corruptibles. Los había conocido tiempo atrás y no me gustaba su actitud.

En esta ocasión, eran las personas que habían recuperado físicamente los equipos tecnológicos preparados específicamente por los técnicos y que los habían colocado en el lugar de la lectura del testamento, lugar que obviamente habían aprendido de su protegido, que estaría presente en la lectura. Esto había permitido que terceros desde el exterior escucharan todo.

Estuve seguro cuando descubrí que los dos grandullones realmente estaban dispuestos, por una generosa compensación, a actuar en su nombre.

El que resultó ser la topo era, lamentablemente, un hombre del estudio y, por lo tanto, un hombre de mi cliente.

En el ambiente en el que trabajaba, era conocido por todos como un verdadero tiburón, dispuesto a hacer cualquier cosa para avanzar en su trabajo y en su carrera que había sido realmente meteórica.

Su perfil coincidía perfectamente con el que había identificado. De alguna manera provenía del mundo de quien identifiqué como el instigador, donde había dado sus primeros pasos y, por lo tanto, le debía un agradecimiento.

Así que, cuando el instigador le preguntó si estaría presente en la lectura y si podía "amablemente" indicar la fecha y el lugar, después de una pequeña vacilación fingida, se dejó convencer fácil y generosamente.

Lo divulgó todo y organizó el asunto. Era un hombre astuto, en realidad también muy agudo y capaz, pero desafortunadamente un oportunista absoluto, al igual que sus guardaespaldas a menor escala.

Solo quedaba una duda por resolver: ¿por qué precisamente él y sus guardaespaldas se dieron cuenta de que alguien estaba interceptando esa reunión y, casualmente, justo después de la lectura y no antes?

Fueron ellos mismos, precisamente para crear una coartada de inocencia a los ojos de los nuevos socios mayoritarios para quienes ahora trabajaban.

Se aseguraron de hacerlo después de la lectura, satisfaciendo tanto al instigador, quien pudo escuchar el contenido de esa reunión desde un tercer lugar seguro, como a los nuevos socios (es decir, mi cliente) demostrándoles agudeza y eficiencia al descubrir ese peligro inminente.

Pero yo ya había atrapado al topo/traidor con un elemento cierto e irrefutable.

Tuve enormes dificultades para encontrar esa prueba incontrovertible, pero al final la encontré: sabía que era él quien había hecho la primera llamada para asegurarse de que los técnicos y laboratorios tuvieran los materiales necesarios para una operación de ese tipo en tan poco tiempo.

Prometió una gran suma a cambio, luego desapareció enviando a sus guardaespaldas para manejar el asunto, pero ya había encontrado esa pequeña pista que lo acusaba, no había más dudas, los registros lo delataban.

Finalmente, sabiendo lo que estaba pasando con esa herencia, incluso a través de algunas fuentes periodísticas, me fue fácil hacer 1+1 y tener la certeza matemática de que el instigador era precisamente quien había supuesto.

Sin embargo, toda esta investigación se llevó a cabo después del "daño" hecho, y solo sirvió para comprender qué tipo de persona habían traído mis clientes y qué peligro podría derivarse de esa fuga de noticias. Por lo tanto, la utilidad se reducía al mero control de daños y poco más.

Una vez identificados los responsables clave de este asunto y sabiendo que el instigador identificado no era un problema insuperable (inicialmente se temía erróneamente que pudiera ser peligroso para el estudio), mi cliente decidió pasar por alto lo descubierto.

Pero dejando sin resolver una gran cuestión: uno de los presentes en la lectura, es decir, el nuevo socio principal del estudio, de hecho había jugado sucio y ahora lo tenían "en casa".

Esto ahora arrojaba nuevas sombras sobre el futuro del estudio en su conjunto.

Sin embargo, mi cliente ya no era un niño y estaba empezando a dar los pasos para retirarse, para siempre, del escenario laboral; esa lectura había sido en todos los aspectos una salida de escena de asuntos que había seguido y cuidado toda su vida. Por lo tanto, decidió ser simplemente más astuto hacia esa persona negativa y no considerarla más su problema, sino el de su sucesor.

Puede parecer una elección egoísta y rendida, pero no lo fue: había hecho mucho y dado aún más a todos los que lo rodeaban durante su vida y ahora simplemente ya no quería lidiar con ese problema. Cuando años antes estaba en la cima de su forma, como siempre, habría prevenido el problema haciéndonos limpiar y sellar los lugares con anticipación y nos habría hecho gestionar toda la operación con mucha antelación.

Pero no solo esos años habían pasado, en general habían pasado muchos años y los movimientos para dar continuidad a su estudio ya se habían llevado a cabo hace algún tiempo, de manera irrevocable y desafortunadamente en la dirección equivocada.

En origen, de hecho, no había invertido en el futuro de su estudio en quien resultó ser el doble agente de esa historia.

Quizás su instinto le había sugerido evitarlo y, por lo tanto, mucho más sabiamente había apostado por el brillante marido de su hija, un profesional de alto nivel, un hombre de confianza y seriedad demostradas, además de ser un miembro de la familia en todos los aspectos.

Cuando, desafortunadamente, como un rayo en cielo despejado, el predestinado se divorció de su hija y abandonó el estudio (y por lo tanto todos los planes), su plan de desarrollo en el que había invertido mucho tiempo y energía comenzó de repente a naufragar catastróficamente.

Así que, en esa situación, tuvo que buscar rápidamente una solución de emergencia y recurso. Definitivamente necesitaba a alguien más a quien poder pasar el testigo ejecutivo en poco tiempo.

El nuevo heredero (es decir, quien mucho tiempo después resultó ser el doble agente en la historia descrita) parecía, en el momento, una "segunda opción" respetable.

Cuando se me preguntó, le dije que, a pesar de sus indudables habilidades profesionales, era una persona demasiado desconfiada y no lo suficientemente clara por lo que había oído, y que tenerlo en casa resultaría definitivamente en un boomerang devastador... desafortunadamente, también en esa ocasión, vi las cosas venir.

Pero el tiempo apremiaba, no fui tomado lo suficientemente en serio y él optó por la solución más fácil y al alcance.

Mi cliente, que una vez fue un verdadero león, ya había luchado demasiadas batallas y ahora, en su vejez y agotado, solo pensaba en retirarse. Definitivamente no tenía ganas, ni tiempo, de empezar una nueva, dado que los resultados de mi investigación lo habrían requerido.

La hija, aunque era una mujer con mucho carácter, no estaba profesionalmente al nivel de su padre y necesitaba a alguien que, materialmente, siguiera adelante. Y así fue como decidieron "hacer un trato con el diablo".

Sin embargo, las consecuencias seguramente se verán con el tiempo.

En esta profesión, desafortunadamente, cuando das consejos, puede pasar mucho tiempo antes de que se confirme que fue una buena decisión escucharlos, pero esa confirmación llega tarde o temprano.

Cuando, en cambio, se piden y no se siguen, o incluso no se piden en absoluto, las consecuencias negativas son casi siempre devastadoras, seguras y difícilmente remediables.

Esta historia debería enseñarnos, como decía al principio, que siempre se debe consultar a un consultor valioso como un detective y luego, aún más importante, seguir las soluciones propuestas. Justo como si fuera "el mejor amigo".

BAJO CUBIERTA

Hablar de trabajo "bajo cubierta" en el sector investigativo puede parecer obvio porque es una profesión en la que casi siempre se debe disimular la propia presencia para no ser notados y para no dejar ningún tipo de rastro.

Por lo tanto, en la mayoría de los casos, ser "bajo cubierta" es en sí mismo una especie de modus operandi. Sin embargo, hay un episodio que ahora les voy a contar en el que esta definición adquiere un significado más amplio y ciertamente más acorde con lo que todos le atribuyen.

A principios de la década de 2000, fui contactado por un nombre conocido en el mundo editorial.

Los accionistas con los que me reuní me explicaron

que, con el nuevo plan de desarrollo que habían decidido emprender en su empresa, era necesario realizar una amplia reorganización.

Para ellos, ya era hora de orientarse hacia el mercado financiero y, dada la contracción que estaba sufriendo el mundo editorial, era esencial reorganizar y reducir su querida editorial histórica. Los dueños de esa empresa eran principalmente familiares y eran realmente muchos.

Representaban la segunda generación y no todos estaban de acuerdo en proceder con delicadeza al hacer los muchos recortes previstos.

Esto a pesar de que se había decidido claramente durante la reunión de la junta directiva adoptar un enfoque suave e indoloro.

Los dos que se acercaron a mí pertenecían a la mayoría moderada de los accionistas y estaban muy ligados a su territorio y a sus empleados, a quienes querían proteger lo máximo posible.

Por lo tanto, querían que este plan de "desarrollo" tuviera lugar, al menos en sus fases iniciales, minimizando al máximo cualquier daño colateral.

Por lo tanto, propuse montar un trabajo real para ser realizado "bajo cubierta" que preveía que yo fuera contratado oficialmente en el staff de esa empresa. Solo de esta manera podría observar desde dentro cada paso crítico de esos planes de reorganización y hacer mis informes puntualmente.

Estaban entusiasmados con esa propuesta.

Obviamente, aparte de mí y de los dos accionistas en cuestión, ninguno de los miles de empleados, de los cientos de gerentes, de las decenas de directivos y de los demás accionistas debía saber absolutamente nada. Siempre debería informar únicamente a ellos y solo en un contexto no oficial y privado.

Para gestionar mi compensación de manera discreta, acordamos dividirla en parte en el salario que recibiría durante mi estancia y en parte en una considerable "incentivo de salida" que acordamos y firmamos al otorgar ese particular encargo. Obviamente, este pseudo incentivo debía mantenerse en secreto y "activarse" solo al finalizar el trabajo. Mis clientes temían que durante el proceso de reorganización surgieran abusos desagradables por parte de algún responsable.

El plan de la empresa consistía en prejubilaciones, en la creación de nuevas divisiones con el consiguiente traslado de personal, en incentivos para salir y finalmente en la movilización de algunas personas, pero solo para aquellos que mostraran una actitud claramente obstruccionista.

Mis clientes querían estar seguros de que no surgieran situaciones de acoso laboral (el término correcto sería en realidad "bossing") o de verdaderas venganzas internas.

Muoviéndome desde adentro como un empleado común, podría ser sus ojos y oídos sin levantar sospechas. Sin embargo, dado que se trataba de un sector muy técnico, tuve que prepararme a fondo antes de poder empezar y ser completamente creíble.

Así que asistí a varios cursos específicos para conocer bien los diversos campos que mi "nueva profesión ficticia" abarcaría.

Luego fui "contratado" y comencé ese trabajo que duró unos diez años, mucho más de lo que se había previsto inicialmente.

Durante su desarrollo, de hecho pude identificar muchas de esas temidas conductas indeseables y perjudiciales.

En la mayoría de los casos, fueron llevadas a cabo por algunos directivos particularmente deshonestos y absolutamente no alineados con los principios éticos que se habían establecido para esa reorganización.

Sin embargo, gracias a mi trabajo, estas situaciones siempre se resolvieron favorablemente.

Esto fue gracias a los informes detallados que regularmente presentaba a mis clientes sobre las distintas dinámicas distorsionadas que se estaban desarrollando y que yo podía identificar desde sus inicios.

Después de mis informes, mis clientes tomaban rápidamente medidas desde arriba hacia aquellos que no se estaban comportando correctamente.

Sin embargo, en estos trabajos "encubiertos", siempre hay un lado negativo.

A menudo es la difícil gestión del involucramiento emocional.

Es inevitable cuando estás lado a lado con las personas día tras día.

Se vuelve desafiante y delicado cuando llegas a las fases finales en las que sabes que debes "terminar" todas las relaciones con ellas.

Pero es mi trabajo y es parte de las reglas del juego, así que cuando llegó el momento, hice lo que tenía que hacer sin dudarlo.

Después de diez largos años, la primera fase de esa reorganización en la que participé llegó a su fin y, por lo tanto, debía renunciar.

A pesar de la tristeza causada por la despedida de tantas personas que conocí durante ese período, me alegraba saber que había podido hacer una contribución positiva y dar un enfoque mucho menos dramático a muchas situaciones.

Además, ahora estaba esperando con ansias recibir finalmente el saldo de mi honorario que habíamos acordado al principio y que se había presentado como un "incentivo a la salida".

Aunque ya era una suma considerable desde el principio, había aumentado aún más con el tiempo. De hecho, cada vez que se retrasaba la conclusión de esa actividad, siempre la ajustábamos al alza.

Este largo trabajo de una década que acabo de describir es el típico caso de actividad que se puede definir correctamente y apropiadamente como realizada "bajo cubierta".

TENTATIVO DE SECUESTRO

Un verano de hace muchos años, a mediados de julio, en la calle Accademia Albertina 40, en Turín, en Manzini Investigaciones, se estaban organizando las diversas actividades de verano.

Se estaban preparando para apoyar a los clientes que todavía estaban en la ciudad y a aquellos que estaban a punto de irse de vacaciones a diferentes lugares.

El apoyo para una agencia como la nuestra, en esos años, significaba preparar todas esas actividades de control del territorio y activación de fuentes y apoyo logístico, destinadas a establecer esos servicios de inteligencia para la seguridad de esos empresarios adinerados o personajes ilustres que querían sentirse seguros con sus familias también durante el período de verano en los lugares donde se alojarían. Nuestros clientes eran personas que siempre supieron apreciar la diferencia entre confiar en el destino o más bien confiar en ángeles guardianes como nosotros, discretos y a menudo invisibles, pero siempre listos para aparecer en caso de peligro inminente y concreto.

En realidad, muchos se sentían más tranquilos y seguros al comunicarnos con anticipación todos los lugares que visitarían en los meses de verano, sabiendo que en ese momento, cualquier problema que surgiera, sería inevitablemente detectado por nuestros expertos ojos enfocados en su dirección.

En los años ochenta, internet no existía para el público en general... los medios de transmisión y comunicación para los desplazamientos de todos nuestros clientes eran el fax, el teléfono o la entrega en mano, obviamente con las debidas precauciones.

Esta forma de comunicación, por lo tanto, requería una cantidad realmente significativa de trabajo administrativo cada año antes de las vacaciones de verano, porque todo tenía que estar absolutamente organizado de antemano.

Después de cerrar la oficina en esa cálida tarde de julio, todos regresamos a nuestras casas con el temor de que, a pesar de que parecía que todo estaba perfectamente organizado, algún imprevisto podría surgir porque siempre ha sido inevitable en este sector.

De hecho, a las 19:52, el teléfono en una de las casas Manzini sonó insistentemente.

Era una hora inusual, ningún familiar o amigo llamaría a esa hora cuando todos estaban cenando con sus seres queridos. Además, solo un pequeño círculo de clientes con situaciones muy delicadas tenía esos números directos y reservados, que se usarían solo para emergencias.

Para desincentivar las llamadas "fuera de horario", los clientes fueron informados de que esas conversaciones generarían grandes aumentos en las facturas.

Sin embargo, el teléfono seguía sonando, así que alguien contestó.

Del otro lado del teléfono, irrumpió una voz cálida y familiar, muy agradable, de un gran hombre que marcó en muchos aspectos la historia reciente de Italia.

Un cliente importante y, últimamente, también un gran amigo, después de saber que, gracias a nuestro trabajo, había garantizado su propia seguridad contra las Brigadas Rojas en un par de desafortunados eventos que logramos evitar antes de que se llevaran a cabo.

De hecho, aunque siempre mantuvimos un alto nivel de profesionalidad y, por lo tanto, cierto distanciamiento, este tipo de trabajo siempre ha llevado, por necesidad, a considerar nuestra presencia un poco como si fuéramos miembros de la familia.

Esto se debe a que a menudo hay que estar presentes en reuniones privadas entre familiares, o participar en eventos confidenciales de varios tipos con el papel de observadores discretos.

La voz del interlocutor en el teléfono, después de intercambiar breves palabras de cortesía, se volvió de inmediato más seria.

Se disculpó por haber molestado a esa hora y rápidamente adelantó que al día siguiente un amigo suyo, un industrial muy conocido del cual pocas personas en la ciudad no sabían el nombre, necesitaría hablar con nosotros.

Quería tener de nuestra parte esa misma supervisión de seguridad que ofrecíamos a aquellos que sentían que su integridad o la de su familia estaba amenazada y creían que nuestro trabajo podría mejorar la situación.

En este caso, dada la edad del empresario, parecía que quien estaba en peligro era su familia más que él mismo.

La llamada, a pesar de todas las precauciones técnicas para hacerla más segura, fue críptica y rápida por razones de prudencia, posponiendo la reunión explicativa para la mañana siguiente antes del amanecer.

A la mañana siguiente, a las 5 en punto, con el aire claro y la primera luz comenzando a aparecer desde los Alpes sobre la espléndida Turín, un miembro de la familia Manzini conducía rápidamente por las calles de las colinas de Turín para llegar a la cita.

A las 5:15, fue anunciado en la prestigiosa villa del nuevo cliente potencial.

Fue recibido directamente por el interesado, a pesar de la presencia en la villa del mayordomo y de muchos otros empleados.

Además, Manzini quedó agradablemente sorprendido al ver tanta actividad y dinamismo con tantas personas ya trabajando tan temprano en esa casa. Un estilo de vida extremadamente dinámico que le era muy afín.

El dueño de la casa lo llevó a un hermoso salón con un ventanal que ofrecía una vista realmente impresionante de la majestuosa Turín, que, aunque es una ciudad muy dinámica, parecía estar empezando a despertarse.

Se sentaron y el mayordomo sirvió inmediatamente el desayuno compuesto por un fresco jugo de naranja, café y deliciosos croissants recién horneados. Luego, desapareció tan rápidamente como había aparecido.

Los dos pudieron así quedarse en la más completa privacidad. Después de algunas palabras formales, fue necesario una breve presentación mutua ya que el intermediario entre los dos, es decir, el cliente histórico de Manzini, no estaba presente y por lo tanto tuvieron que hacerlo por sí mismos antes de proceder al meollo de esa reunión.

El empresario, de unos 65 años, aún brillante, enérgico y dinámico, comenzó de inmediato a explicar cuál temía podría ser su problema.

De hecho, en los últimos dos meses, habían recibido en su familia algunas llamadas ambiguas, algunas incluso completamente anónimas.

Además, él mismo, al volver a casa a menudo tarde, algunas noches conduciendo su propio coche, se había dado cuenta de un par de vehículos estacionados con hombres a bordo.

Estaban justo en su camino.

No solo no los reconoció entre los que solían estar estacionados, sino que le dieron sensaciones muy desagradables, una especie de preocupación instintiva hacia un peligro que se daba cuenta de que no podía comprender del todo.

Su preocupación aumentó aún más cuando uno de los cuatro perros guardianes que siempre deambulaban por la finca fue encontrado muerto por envenenamiento cerca de un muro que bordeaba un camino secundario fuera de la propiedad.

Sus pensamientos, como Manzini había deducido correctamente la noche anterior, no eran por su propia seguridad, sino por la de su familia, y en particular por sus nietos que vivían con sus padres en la misma propiedad, aunque en otra ala de la villa.

De hecho, conociendo la reputación de ese empresario, estaba claro que no era una persona fácilmente impresionable y al mismo tiempo que no era uno de esos engañados que piensan que cualquier desgracia o evento negativo siempre podría ocurrir solo a alguien más.

Manzini Investigaciones ofrecía consultas a muchas familias en el norte de Italia por problemas similares y, a través de sus fuentes habituales, ya había recibido en el último mes más de un informe de algunos movimientos sospechosos entre los delincuentes de la ciudad.

Según nuestra experiencia, estaba claro que con esas señales de alerta ese verano, o a más tardar ese otoño en Turín, podría suceder algo serio: a partir de la información disponible, no se podía descartar que este nuevo cliente fuera el objetivo.

Manzini, a pesar del período cercano al verano, comprendió la delicadeza del asunto y aceptó inmediatamente el encargo que, por cierto, fue debidamente incentivado desde el principio.

Uno de los posibles escenarios que se vislumbraban era un gran riesgo para la seguridad de los nietos; su secuestro, lamentablemente, era la opción más probable.

Se comenzó verificando la situación en la empresa, un lugar donde, sin embargo, el empresario nunca había despedido a nadie y parecía ser verdaderamente adorado por sus empleados.

Para disipar cualquier duda, se inició de inmediato una investigación interna en la empresa, pero no se encontró nada preocupante.

Para descartar otros riesgos, también se realizaron controles al personal de la villa, pero aparte de la cocinera recién contratada, que tenía excelentes referencias y no tenía manchas en su pasado, todo el resto del personal había trabajado allí durante más de veinte años y era de confianza.

Allargamos entonces el control y las verificaciones al personal "externo" que, sin embargo, a menudo tenía la oportunidad de entrar en la propiedad, como jardineros, albañiles, electricistas y decoradores, pero tampoco se descubrió nada inapropiado.

Con fines preventivos, comenzamos al día siguiente intentando confundir la situación, cambiando inmediatamente las rutas y horarios de los nietos.

Luego enviamos a toda la familia a un lejano lugar exótico para pasar las vacaciones de verano, alejándolos lo máximo posible de ese contexto de gran peligro.

Una vez que regresaron de las vacaciones a finales de septiembre, hablamos con la directora de la escuela y obtuvimos algunas pequeñas excepciones en los horarios de entrada y salida.

También comenzamos a controlar exhaustivamente todos los vehículos estacionados o en tránsito en las carreteras cercanas a la propiedad y poco a poco ampliamos el círculo, siempre con la máxima discreción.

De hecho, muchas de las personas involucradas en la investigación casi no notaron nuestra presencia, aunque sabían que estábamos allí, y esta, es decir, la sobriedad y discreción, la casi imperceptibilidad de nuestra actividad, siempre han sido nuestras mayores fortalezas.

La satisfacción de todos nuestros clientes, que nunca han sido personas que quieran demasiada visibilidad o servicios evidentes, siempre ha estado basada en nuestra forma de trabajar bajo el radar.

Esto evita, por lo general, una exposición excesiva y una ostentación sin sentido, y en el caso específico de esta historia, incluso hubiera sido contraproducente. Los servicios que siempre hemos evitado en nuestro instituto son como los que tienen las "típicas" guardias de seguridad, útiles solo para alguna estrella que intenta alejar a sus fanáticos, y ciertamente no aptos para prevenir peligros como ataques, represalias o secuestros.

Otra ventaja de la capacidad de moverse totalmente en las sombras, en este caso, fue el hecho de poder identificar en poco tiempo dos vehículos sospechosos.

Así comenzamos a realizar las primeras verificaciones que, de hecho, revelaron que las personas vistas en esos dos vehículos, en esos horarios y lugares, eran definitivamente incongruentes y literalmente desubicadas.

Esto llevó inmediatamente a profundizar más en las verificaciones.

Al mismo tiempo, Manzini pidió trasladar, como medida preventiva y por un corto período, a los nietos del empresario a un lugar seguro. Paralelamente, con aparente normalidad, se reanudaron los falsos acompañamientos en las rutas desde la villa a la escuela de los nietos o a los lugares que solían frecuentar, y con horarios estándar, para tranquilizar a los posibles delincuentes involucrados sobre el hecho de que nadie sospechaba nada sobre ellos. Sin embargo, la ironía era que en el coche que iba de un lado a otro solo había maniquíes que se parecían a los dos niños.

Era una precaución considerada esencial en ese

momento de máxima alerta porque nos permitía garantizar la seguridad de los dos hermosos niños y, al mismo tiempo, no hacer que los delincuentes percibieran, como ya se mencionó, que nos habíamos dado cuenta del peligro y de su presencia. En muchos casos, afortunadamente, alertas de este tipo suelen ser consideradas falsas alarmas después de un corto tiempo debido a las discretas verificaciones que se llevan a cabo, sin embargo, lamentablemente, este no fue el caso.

Las investigaciones detalladas revelaron que al menos uno de los sujetos supervisados tenía antecedentes menores y también estaba relacionado con algunos sardos involucrados años antes en un secuestro.

Obviamente, esta información había elevado inmediatamente el nivel de alerta al máximo en la conducción de la investigación y en la gestión de la situación, activando así todos los canales y contactos que Manzini Investigaciones tenía. Se había producido un extenso dossier, que permitió a Manzini solicitar al Fiscal de la República que inmediatamente pusiera bajo vigilancia las líneas telefónicas de los sujetos involucrados, sospechando seriamente que estaban preparando un secuestro.

Las escuchas telefónicas revelaron de hecho que, lamentablemente, los delincuentes estaban avanzando en esa dirección.

Una vez entregada toda la evidencia a las autoridades, que tenían pruebas directas y detalladas proporcionadas por Manzini, en pocos días procedieron a arrestar a toda la banda de maleantes. Los nietos, poco después, una vez que estuvieron seguros de que toda la banda había sido desmantelada y que no quedaban secuelas u otros peligros, fueron llevados de regreso a su casa, permitiéndoles retomar sus rutinas habituales.

Todo, poco a poco, había vuelto a la normalidad... o

casi... porque desde ese día, el empresario se convirtió en un leal cliente y amigo de Manzini. Viendo cuán cerca estuvo su familia del peligro, decidió que nunca más renunciaría a los "ángeles guardianes" invisibles que nuestra agencia había logrado proporcionarle.

Tan invisibles que nadie, excepto los directamente involucrados, se dio cuenta de que toda la operación había tenido lugar.

Hasta el día de hoy, habiéndose convertido en adultos, esos dos simpáticos nietos de vez en cuando piden opiniones y consejos sobre qué camino es mejor seguir en ciertas situaciones, solo para estar más tranquilos y seguros de que nadie volverá a intentar perturbar su vida de manera violenta e inesperada ;-)

LA DESCONTAMINACIÓN

Un día de diciembre, me desperté temprano en la mañana.

Como siempre, me levantaba alrededor de las 5, tomaba un rápido desayuno, una ducha revitalizante y luego comenzaba mi ronda de llamadas a mis hombres.

Estas llamadas eran necesarias para organizar las distintas actividades en curso o introducir algún ajuste según las noticias "frescas" que llegaban durante la noche relacionadas con los servicios en proceso.

Con la claridad mental que se tiene a esas horas, el trabajo era muy productivo y generalmente llegaba a las 9 de la mañana habiendo ya organizado y planificado todo el día, asignando las diferentes tareas a quienes correspondiera.

Sin embargo, esa mañana, después de hacer las llamadas de rutina, no habría terminado mis tareas laborales porque, inmediatamente después, tendría que ir a Biella (una hermosa ciudad a una hora de Turín) a una gran empresa textil.

La cita era a las 10 de la mañana y, al menos en teoría, había tiempo, pero al despertar tuve la sorpresa de ver a través del ventanal del salón que estaba nevando intensamente afuera.

Era evidente que la carretera estaba abundantemente cubierta de nieve fresca.

Ya había caído al menos 30 cm. Por lo tanto, decidí acelerar mis procedimientos, posponiendo algunas llamadas no estrictamente prioritarias para cuando estuviera en el coche durante el viaje.

Dada la meteorología adversa, la reunión podría haberse pospuesto, pero sabiendo cuánto y qué tipo de urgencia tenía mi cliente para hablar conmigo en privado y discreción, no tenía intención alguna de considerar esa opción.

Mi coche estaba perfectamente equipado con neumáticos de invierno y tenía una excelente tracción en las cuatro ruedas, además, algunos cursos de conducción que había tomado en el pasado, me daban la tranquilidad necesaria para enfrentar el trayecto de esa mañana sin preocupaciones.

Partí cuando aún estaba oscuro y el primer tramo en las colinas de Turín, entre curvas descendentes y escasa iluminación, no fue precisamente un paseo, pero una vez que entré en la autopista en Turín, la situación mejoró bastante, para empeorar nuevamente y drásticamente después de salir de la autopista en la ciudad de Carisio. La empresa de mi cliente estaba en Biella, pero su residencia, donde nos encontramos, estaba mucho más cerca de las colinas que están detrás.

Encontré muchos vehículos atravesados en el camino, pero no me desanimé y con la debida precaución y moderación, logré llegar hasta él.

El paisaje era hermoso, parecía un mundo encantado, los copos caían ligeros como bolas de algodón y el silencio era total, interrumpido solo por el reconfortante y sordo ruido del motor de mi coche.

Cuando mi cliente me vio en la puerta de su propiedad, media hora antes de lo esperado, no podía creer lo que veía.

Era el primero en llegar a su casa esa mañana.

Tanto el conductor como su asistente, quienes deberían haber estado disponibles desde las 8 de la mañana con él, habían desistido debido a las adversas condiciones del camino.

Hicimos el desayuno en un ambiente amortiguado. Debido a la nieve, parecía que estábamos en alta montaña.

Mi interlocutor tenía la costumbre de tener algunos animales salvajes paseando por su finca que de vez en cuando aparecían de repente frente al salón donde nos habíamos acomodado, y todo esto daba al ambiente y a ese momento un toque mágico.

Mi cliente era un hombre joven, de mi edad. Hace tres años había heredado la empresa familiar después del trágico fallecimiento de sus padres en un accidente de tráfico.

Una parte minoritaria de la empresa había recaído en su primo, mucho mayor que mi cliente.

Había tenido problemas con él desde hace tiempo y sus relaciones después de la muerte de sus padres realmente se habían deteriorado.

Nunca aceptó la idea de que mi cliente, tan joven e emprendedor, ganara cada vez más influencia en la empresa, y mucho menos cuando heredó el paquete mayoritario, convirtiéndose de facto en el único propietario.

El primo había sido director comercial en la empresa familiar y había sido muy bueno en su trabajo. Siempre lo hizo con pasión, pero luego, debido a los cambios en la estructura de propiedad, no le gustó y parecía casi celoso. Tal vez tenía otras ambiciones que esta sucesión destrozó, y con esos desarrollos, las relaciones se deterioraron en la empresa hasta el punto de hacer imposible la convivencia entre los "nuevos" socios.

Un año antes de ese encuentro, ya habían decidido, siguiendo nuestro consejo, despedir al primo con una generosa indemnización, incluyendo una cláusula de no competencia.

Los primeros meses, parecía que las cosas iban mejor en la empresa, al menos ya no había esas tensiones que habían empezado a crear un ambiente no apto para cualquier contexto laboral.

Sin embargo, luego notaron que cada vez que

contactaban nuevos clientes y parecía que iban a empezar nuevos y grandes encargos, en el último momento el nuevo cliente se retractaba, tentado por alguna otra empresa que misteriosamente le ofrecía un precio más competitivo.

Era curioso porque, aunque las sospechas recaían inevitablemente sobre el primo, hacía meses que no pisaba esa empresa y por lo tanto, en teoría, no debería saber quiénes eran los nuevos clientes ni el avance de las diferentes negociaciones.

Además, según se sabía, y según las condiciones de su indemnización, debería haber tomado un período sabático.

Mi cliente pensaba que el primo, antes de salir de la empresa y entregar sus llaves, ya que siempre había tenido acceso a todos lados en la empresa, podría haber colocado o hecho colocar algún micro.

Desde el control de accesos, que yo había sugerido después del "despido" del primo ya que la empresa increíblemente no lo tenía, ya se había podido verificar que no había vuelto a poner un pie en esas oficinas. Sin embargo, posibles sistemas ocultos de escucha, si estuvieran conectados a la red eléctrica de la empresa antes de su salida, podrían haber seguido funcionando teóricamente para siempre.

Para eliminar cualquier duda, propuse una revisión de todas las oficinas, sin distinción.

Esto se debe a que en esa empresa no tenían el hábito de hablar de cosas confidenciales en salas específicas, lo hacían un poco en cualquier lugar de forma imprudente y sin ningún criterio.

Las oficinas y habitaciones a revisar eran muchas, alrededor de veinte, así que propuse hacerlo desde la mañana hasta la noche, preferiblemente los domingos, cuando las oficinas estaban cerradas y vacías, para que nadie en la empresa se diera cuenta de esa operación de revisión y "limpieza".

De hecho, una vez que se estableció el domingo

adecuado, este no se respetó debido a un imprevisto por parte de mi cliente y tuvimos que ir durante la semana. Esto complicaba un poco la gestión, pero no era una situación nueva y ya estábamos acostumbrados y organizados para tales eventualidades.

En casos como ese, cuando tienes que presentarte en un lugar como oficinas llenas de personal que, sin embargo, debe permanecer en la ignorancia, en acuerdo con la propiedad, te presentas bajo un falso pretexto.

En esa ocasión nos presentamos como un equipo de informáticos que tenía que verificar el sistema y sus vulnerabilidades y proponer uno nuevo y mejorado. De todos modos, obviamente, durante nuestra intervención, los ocupantes de las diversas oficinas que íbamos limpiando tenían que tomarse un prolongado descanso para tomar café o ir al escritorio de algún colega para continuar su trabajo, y no podían ver lo que estábamos haciendo.

Así llegamos a la empresa un miércoles muy temprano por la mañana y comenzamos nuestro trabajo.

En la cuarta habitación, una sala de reuniones, encontramos efectivamente escondido en el falso techo un sistema profesional de escucha ambiental que parecía seguir funcionando perfectamente aunque, objetivamente, un poco anticuado.

Mi opinión fue que en el pasado había sido usado con certeza, quizás incluso contra los padres de mi cliente (es decir, los propietarios anteriores), pero no ahora. De nuestro análisis se desprende que este dispositivo tenía al menos 4/5 años porque la tecnología había avanzado mucho recientemente, desarrollando sistemas mucho más eficientes y miniaturizados.

En mi opinión, simplemente había sido abandonado allí después de terminar la actividad de escucha, para evitar el riesgo de ser descubierto durante una posible eliminación.

A veces en este tipo de actividades se prefiere "perder" el equipo al final del trabajo si estás seguro de que no pueden rastrearte, aunque es una práctica desaconsejable.

En resumen, para mí y para mis técnicos, definitivamente pertenecía a un problema ya superado y relacionado con otra situación, no con la que estábamos tratando en esa intervención.

De todos modos, lo documentamos, certificamos su presencia y procedimos a su eliminación.

Como en las otras habitaciones, también aquí sellamos todo lo que habíamos revisado con etiquetas especiales a prueba de eliminación. Continuamos trabajando en los siguientes espacios, pero en un momento dado, nuestro cliente nos alertó de forma alarmante que el primo (el ex director comercial) estaba llegando inesperadamente a la empresa.

Le pregunté por qué, ya que había aconsejado despedirlo generosamente, imponer el pacto de no competencia y cortar todo contacto con él. Desafortunadamente, descubrí que, en contra de lo que habíamos sugerido en la consulta anterior, habían decidido permitirle, como cortesía y solo por un tiempo limitado, guardar algunos efectos personales en su pequeña habitación.

Cosas que ahora le daban la excusa para presentarse allí. Concederle ese favor fue un gesto muy imprudente, pero independientemente de eso, seguía siendo curioso que precisamente esa mañana, el primo hubiera decidido presentarse allí después de meses de ausencia total de cualquier tipo de contacto.

Sobre todo, lo extraño era que nosotros, precisamente esa mañana, estábamos realizando una delicada operación de limpieza ambiental debido a la sospecha de que él pudiera haber "olvidado" algún micrófono en la empresa.

Además, por supuesto, esto se había organizado sin informar a nadie del personal.

Afortunadamente, el control de acceso y el procedimiento de asignación de posibles pases de "visitante" que había sugerido meses antes, ahora nos dio tiempo para reaccionar.

Le dije a mi cliente que le ordenara a la secretaria en la recepción que le negara absolutamente el acceso a la empresa, incluso si solo era para recoger sus cajas.

Por lo tanto, no pudo pasar por la entrada de visitantes.

Le pedí que le dijera que esos objetos se le enviarían a su dirección residencial o a donde quisiera, pero no podría recogerlos en ese momento, categóricamente.

Aunque estábamos "encubiertos", no era conveniente ni sabio correr el riesgo de ser vistos por él durante esa operación.

Además, aún no sabíamos, en ese momento, qué resultados finales tendría nuestra operación.

La limpieza continuó según lo planeado, desmontamos y analizamos con equipos muy sofisticados todo lo que necesitaba ser revisado, incluidos los teléfonos y centralitas, pero se encontró muy poco y, nuevamente, solo la certeza de que alguien en el pasado había husmeado... ahora era difícil determinar quién podría haber sido. Decidimos en ese contexto pasar por alto y posponer cualquier investigación adicional sobre quién había espiado las actividades empresariales desde dentro en el pasado.

Ahora era más importante resolver problemas inmediatos.

De todos modos, limpiamos todas las oficinas y luego creamos dos habitaciones completamente blindadas e inaccesibles sin permisos específicos, donde, desde ese momento en adelante, sería aconsejable llevar a cabo cualquier reunión o encuentro que se quisiera mantener en confidencialidad.

Estas habitaciones, además de tener una contraseña de acceso que identificaba de forma única a quien entrara y saliera, estaban equipadas con sistemas de monitoreo continuo diseñados para detectar instantáneamente la presencia de micrófonos activos y pasivos, microcámaras y, en general, cualquier transmisión de radio sospechosa.

Además, en esas habitaciones se instalaron sistemas de interferencia capaces de neutralizar cualquier dispositivo electrónico introducido sin autorización, incluidos smartphones o grabadoras.

Se trata de sistemas complejos que integran varios instrumentos que, a su vez, son gestionados de manera sinérgica por un PC capaz de generar, si es necesario, las diferentes alarmas garantizando así la máxima confidencialidad de las conversaciones y reuniones.

A última hora de la tarde, la limpieza estaba terminada y mi cliente y yo, con las oficinas ya vacías, fuimos a dar un paseo por los pabellones industriales.

Era su costumbre hacerlo al final del día y aprovechamos para hablar ya de los resultados de lo que habíamos hecho.

Le expliqué que en ese momento, y sobre todo a partir de ese momento, las oficinas estaban en orden y que nada electrónico podría comprometer la confidencialidad de las conversaciones, al menos en las dos habitaciones destinadas a ello.

Sin embargo, le señalé que era muy sospechoso que precisamente durante nuestra actividad, el ex director comercial se hubiera presentado, especialmente teniendo en cuenta que no podría haberse presentado allí como resultado de escuchar algún micrófono que pudiera ser rastreado hasta él porque lo habríamos detectado durante la misma limpieza.

Los encontrados estaban obsoletos y difícilmente se podrían relacionar con él, solo quedaba la posibilidad de que alguien dentro estuviera jugando ambos lados.

Estaba claro para mí que alguien le había informado de nuestros movimientos "sospechosos" realizados a gran escala. Esta es la razón por la que había sugerido hacer ese trabajo el domingo con las oficinas cerradas y sin ojos indiscretos.

Como dice el viejo dicho, nunca se es demasiado precavido. En ese punto, estaba seguro de que había un topo de carne y hueso y solo me quedaba la duda de quién podría ser.

También porque desde el momento de la salida de la empresa del ex director comercial, había sugerido despedir a todo el personal leal a él y, sin embargo, en ese momento, sospechaba que aún había alguien leal.

Me sobresalté cuando mi cliente me confesó que en dos casos no habían seguido mi consejo porque no habían encontrado alternativas válidas.

Eran dos personas que ocupaban roles importantes, pero me dijo que se había asegurado de su lealtad a la empresa y al nuevo liderazgo.

Ahora estaba claro que alguien no estaba actuando como había prometido cuando tenía que salvar su puesto. Luego propuse proceder de otra manera. Sugerí cruzar las llamadas salientes y entrantes de la empresa de ese día en particular con el número de teléfono del primo (ex director comercial).

¡Bingo! Encontramos bien 4 llamadas que tuvieron lugar en las primeras horas de esa mañana, tres desde una línea de los oficinas de la empresa hacia el ex director, y una del ex director a esa línea.

Esta última llamada justo unos minutos antes de que él apareciera "por sorpresa" en la recepción.

Convocamos e interrogamos al empleado sospechoso de jugar a dos bandas en los días siguientes.

Se puso pálido: no pensaba que sería descubierto. Rompió a llorar y justificó su acción debido a la gratitud por haber sido contratado muchos años antes justamente por el ex director, pero nosotros encontramos también algunas razones menos nobles. De hecho, comprobamos que había recibido algunas pequeñas sumas de dinero a cambio de informaciones sobre los nuevos clientes que señalaba y que poco a poco eran robados fraudulentamente a la empresa.

Una vez descubiertos sus juegos sucios, presentó su renuncia voluntariamente y ahora ese problema, que había creado tantos problemas en los últimos tiempos, fue finalmente eliminado.

La empresa ahora podía navegar en aguas tranquilas. Mi cliente me agradeció satisfecho con el resultado y no dejó de disculparse por no haber seguido en su momento el consejo que le había dado (de despedir a todos los que aún estaban conectados con el ex director).

Ahora era consciente de los muchos problemas y daños económicos que podría haber evitado con algunos simples pasos que parecían quizás un poco exagerados cuando se propusieron o al menos un poco incómodos de implementar, pero dictados por años de experiencia. En este campo, nunca se es demasiado precavido.

LA AMENAZA DE LAS BR

Como solía suceder a menudo, una tarde de domingo de hace muchos años, Ernesto Manzini fue a un círculo literario que le era muy querido en la Plaza Vittorio Veneto en Turín.

Había vivido cerca de allí durante muchos años, desde que se trasladó a esa ciudad siempre había residido en el área de Gran Madre.

Tenía su casa en la calle Mancini. Quién sabe, quizás el parecido entre el nombre de la calle y su apellido le agradó años atrás, cuando buscaba su nuevo hogar en Turín.

Pero ese domingo por la tarde, alrededor de las 4, bajó paseando tranquilamente por la calle Villa della Regina, cruzó el puente en la Plaza Gran Madre di

Dio inmerso en sus pensamientos mientras admiraba la hermosa vista que se presentaba a su izquierda: un río Po tranquilo pero poderoso y, a lo lejos, el hermoso castillo del Valentino, aquí y allá algunos jóvenes en canoas en el río. Todo ello en la paz que Turín es capaz de brindar a sus habitantes incluso en pleno año.

Después de cruzar el Po y llegar a la Plaza Vittorio Veneto, Ernesto se detuvo para mirar de lejos el hermoso Palacio Madama en la Plaza Castello, justo al final de la calle Po.

Luego se volvió hacia el puente por el que acababa de pasar para admirar en toda su belleza la iglesia de Gran Madre di Dio, una hermosa iglesia de estilo neoclásico-adrianeo muy similar al Panteón romano. Justo a la derecha, en la cima, estaba el impresionante Monte dei Cappuccini y, un poco más lejos, a la izquierda y ya en la colina, la encantadora Villa della Regina. Se detuvo un momento, hizo un pequeño esfuerzo visual mirando aún más a la izquierda y aún más arriba y vio en la distancia, en la cima de una colina, como un silencioso guardián de toda la ciudad, la imponente y silenciosa Basílica de Superga.

Esta vista encantadora ofrecía uno de los paisajes más famosos y evocadores del centro de Turín, una ciudad mágica.

Sin embargo, su tiempo para observar ese encantador panorama terminó porque había llegado al círculo donde otros de sus queridos amigos se estaban reuniendo para una reunión muy delicada. De hecho, mi abuelo solía tener estas reuniones donde él y sus amigos intentaban, cada uno a su manera, hacer algo bueno para la ciudad en un sentido estricto y para toda la sociedad en un sentido más amplio.

Ese domingo de hace muchos años, en una sala con luces tenues y un ambiente acogedor, en uno de esos hermosos edificios históricos que enmarcan simétricamente la plaza, Manzini se sentó para intercambiar algunas palabras con un viejo amigo. Hablaron de varios temas, como solían hacer, y luego este último presentó a otros amigos con los que quería establecer una posible relación de conocimiento e intercambio de ideas.

Pero las luces eran muy bajas y Manzini conoció a muchas personas nuevas esa tarde sin distinguir bien sus rasgos.

Alrededor de las 7, los presentes se despidieron y cada uno se dirigió a su casa o a sus negocios. Pasaron algunas semanas y llegó noviembre.

Un lunes a las 7, Manzini desayunó con una espléndida vista de la ciudad, también su apartamento en el último piso de un prestigioso edificio en la calle Mancini ofrecía una fascinante expresión del rostro de Turín.

Luego, a las 8:30, bajó, abrió el garaje y subió a su

Jaguar xj6 blanco.

Un fuerte y exquisito aroma de cuero Connolly llenó sus narices y lo acompañó hasta que encendió el coche, momento en que los sentidos de Ernesto se centraron en el ronroneo de los dos tubos de escape. Ahora, los coches que él, su familia y los clientes que entraban en su muy especial plan de "protección" discreta, recibían especial atención... pero eso sólo después de que años antes, un Jaguar exactamente igual (la única diferencia era el color de la brillante carrocería, que era negra y no blanca) casi lo llevó a la muerte.

La culpa, cabe señalar, no fue ni una distracción al volante ni un defecto del vehículo, sino un sabotaje. Un año antes del accidente en coche, Ernesto Manzini, con su negocio, había llevado al arresto de una banda criminal que operaba entre el Piamonte y Lombardía.

Aunque logró mantener un perfil muy bajo durante

todas las fases de la investigación y el juicio, debido a un periodista imprudente y parcial, su nombre finalmente salió a la luz.

Esto desencadenó otros eventos que hicieron que su nombre volviera a aparecer en otros asuntos.

En este segundo caso, estuvo relacionado con algunas contrataciones en Fiat que fueron fuertemente criticadas por algunos grupos anarquistas.

Esta exposición mediática, aunque no duró mucho, tuvo como efecto directo algunas graves amenazas a su persona. Amenazas como resultado de las cuales tomó medidas inmediatas.

Lástima que "inmediatamente" no fue lo suficientemente rápido y que, por lo tanto, su coche, durante algunas paradas, fue saboteado en uno de los brazos de la dirección.

El brazo aguantó todo lo que pudo, pero un día, en la autopista Turín-Milán, se rompió y el Jaguar se deslizó descontroladamente contra la barrera de seguridad hasta detener su carrera en un desagüe lateral.

Solo la rapidez de reflejos de Manzini y sus grandes habilidades de conducción le permitieron salvar su vida. Sin embargo, mi abuelo siempre pensó que en ese momento, el mérito no fue todo suyo, estaba convencido de que había recibido ayuda desde arriba.

Esto lo llevó a decidir que su próximo coche, su próximo Jaguar, sería de color blanco puro como el ángel guardián que, según él, probablemente tuvo un duro trabajo en esa carretera para salvarle la vida.

Después de ese terrible "incidente", para no correr más el riesgo de más sabotajes o peor, sus autos comenzaron a seguir un protocolo de seguridad específico que comenzamos a adoptar en todas las situaciones delicadas.

Así que gracias a esto, al girar la llave en el panel de

instrumentos, esa mañana pudo centrarse plenamente en el puro placer de conducir que un coche como ese podía ofrecer desde el primer contacto.

A las 9 en punto, Manzini entró en la calle Accademia Albertina para estacionar el coche en el ruidoso adoquinado del patio de nuestra agencia.

Era un pavimento típico de los antiguos patios de Saboya. Aparcó y subió a la oficina.

A las 9:15 tuvo una breve reunión con sus hijos y colaboradores que lo esperaban en la sala de juntas, y luego regresó a su oficina porque a las 9:30 tenía una cita con su primer cliente del día.

Fue una primera reunión para un nuevo trabajo, pero al mismo tiempo esa persona le recordaba a alguien que ya había conocido.

Mientras los dos charlaban acompañados de un té y un par de gianduiotti (chocolates típicos de Turin), una voz en la cabeza de Manzini seguía sugiriendo que tal vez él y su nuevo cliente ya se habían encontrado antes.

Su interlocutor era un hombre alto y delgado, con porte aristocrático. Hablaba de manera calmada y relajada, y su acento revelaba sin duda orígenes no turineses.

La voz y el acento eran definitivamente la clave, y poco después, Manzini reconstruyó todo en su mente.

Los dos se habían conocido un par de meses antes en el círculo literario que Manzini solía frecuentar los domingos en Plaza Vittorio.

Pero debido a la penumbra y a las muchas personas que conocía en ese exclusivo entorno, el nombre y la apariencia de ese nuevo amigo no se le ocurrieron de inmediato.

Cuando Manzini se dio cuenta de esto, habló con el cliente, quien a su vez recordó con placer el encuentro de unos meses antes, que también había permanecido latente en él hasta ese momento.

De hecho, a ambos les pareció desde el principio que ya se conocían, pero solo quedó claro después de que Manzini lo señalara.

La situación fue doblemente sorprendente y agradable porque la persona que en ese momento se dirigía a Manzini necesitaba confiarle una tarea de máxima confianza, en cierto sentido estaba literalmente confiando su vida y la de sus hijos.

En esos años, las Brigadas Rojas habían hecho su triste aparición en el escenario político y social italiano.

Basta pensar que entre 1969 y 1989, el terrorismo en Italia causó casi 200 víctimas, en lo que se llamó los años de plomo debido a las balas que mataron, lamentablemente, a tantas y demasiadas personas.

En abril de 1977, un abogado muy importante fue asesinado justo en Turín.

Ese abogado, que murió de esa triste y cruel manera,

estaba muy cerca del cliente que esa mañana llegó a la agencia. Este último tenía un gran miedo de que él fuera la próxima víctima en la lista de los rufianes. Fue un gran alivio saber que Manzini, además de ser un respetado profesional en el campo, quizás el mejor, también era un conocido suyo, conocido en agradables conversaciones unos meses antes en ese particular encuentro dominical.

Cuando tuvimos esa reunión, nuestra reputación en ese campo ya era realmente notable.

Han pasado 8 años desde el inicio de los ataques de BR al estado y la sociedad civil italiana, y hasta ese momento ningún cliente bajo la protección de Manzini Investigaciones había sido herido. Obviamente, la preocupación sobre los ataques de ese tipo no eran simplemente heridas físicas. Después de que nuestra agencia tomara la "custodia" de su protección, el nuevo cliente y su familia comenzaron a adoptar una nueva forma de llevar a cabo sus días.

Más que nada, mientras continuaban llevando a cabo sus asuntos diarios, comenzaron a seguir al pie de la letra el nuevo protocolo de seguridad que nuestra agencia había preparado para ellos, para aliviar lo más posible y lo más pronto posible cualquier peligro real.

El protocolo que Manzini adoptó fue el resultado de años de experiencia en África durante la Segunda Guerra Mundial en nombre del contraespionaje italiano.

Además, la experiencia de los primeros servicios contra los ataques de las Brigadas Rojas en Italia y las primeras actividades para combatir los secuestros llevados a cabo en nuestro país y en Europa también fueron valiosas.

Además, el protocolo que utilizamos fue refinado en colaboración con un querido amigo israelí y otro estadounidense, además de otras cosas que es mejor no revelar.

En resumen, creo que lo que siempre hemos ofrecido a nuestros clientes nunca ha sido igualado en el diverso mundo de la seguridad privada. Obviamente, para que todo funcionara perfectamente, el sistema no podía tener fallos y cada precepto debía ser seguido al pie de la letra por los clientes.

Pasaron los meses, hubo las típicas reuniones con los diferentes miembros de la familia para comenzar a instruir adecuadamente a todos sobre los nuevos estándares de comportamiento a seguir, y poco a poco se logró poner todo en marcha.

En otras palabras, poco después, un aura protectora casi imperceptible comenzó a crear esa barrera de seguridad que permitió a los padres continuar trabajando en las direcciones deseadas, a sus hijos crecer tranquilos y convertirse en adultos, y a los recién llegados de tercera generación hacer lo mismo.

En resumen, así como un ángel guardián quizás salvó a Manzini en la autopista tiempo atrás, ahora ángeles guardianes menos etéreos y más concretos, pero igualmente efectivos, permitieron a terceras personas llevar una existencia serena y completa. Todo esto a pesar de aquellos que podrían haberla convertido en un infierno o haberla alterado para siempre, como lamentablemente sucedió en esos años con las diversas víctimas, o con las familias de aquellos que sufrieron ataques, secuestros, represalias o agresiones.

El mundo y la sociedad son más peligrosos de lo que muchos creen o pueden ver, y quizás por eso, con demasiada frecuencia, tienden a subestimar de manera arriesgada y a veces letal la importancia de ser adecuadamente respaldados por profesionales como nosotros.

LO SUIZO

Ahora les contaré otro pequeño episodio curioso sobre cómo, sin embargo, esta actividad, si se lleva a cabo de la manera correcta, puede ser de gran utilidad en situaciones que representan muchos aspectos íntimos de nuestra sociedad.

Hace años, fui contactado por un hombre suizo que buscaba a sus medio hermanos que, según creía, vivían en Milán. A partir de algunas pistas que tenía, esperaba encontrar a posibles parientes allí.

Aunque hubieran existido, como efectivamente descubrimos más tarde, es muy probable que ignoraran por completo la posibilidad de tener un hermano al otro lado de la frontera.

El cliente organizó un viaje a Italia y se presentó

puntualmente a la cita en mi oficina, siendo una persona muy agradable y cortés.

No tenía mucha información, me dio un apellido para rastrear que pertenecía a su supuesto padre italiano, del cual prácticamente no sabía nada.

Esta falta de información nos presentó muchos casos de homonimia que complicaron bastante las cosas.

Una vez descartados estos casos iniciales, tuvimos que remontarnos a la familia de origen de los sujetos identificados al principio, ya que el supuesto padre había fallecido hace muchos años.

La única evidencia que mi cliente tenía era un nombre y una foto en blanco y negro de un joven tomada muchos años antes, cuando todavía estaba comprometido con la madre de mi cliente, la mujer que le había dado a luz en Suiza.

Mi cliente había crecido feliz y despreocupado en Suiza en una hermosa familia, junto a un hermano.

El padre suizo, o al menos a quien mi cliente había

considerado su padre hasta el día de la muerte de su hermano suizo, había estado a su lado toda su vida como un padre cariñoso.

Trabajaba en el sector público de un cantón.

La madre, por otro lado, era representante de un importante comerciante de diamantes, por lo que a menudo viajaba por trabajo.

El padre suizo en un momento de su vida enfermó de una rara enfermedad y falleció en poco tiempo. Pocos años después, la misma enfermedad afectó al hermano, que a pesar de algunos tratamientos innovadores no pudo retrasar el trágico e inevitable desenlace.

En este segundo caso, se descubrió que esa rara enfermedad era hereditaria y se transmitía de padre a hijo.

De hecho, la posibilidad de que se transmitiera hereditariamente no era una probabilidad, sino una certeza.

Mi cliente, alarmado por lo sucedido en su familia y seguro de tener la misma terrible enfermedad latente, se sometió a una serie de exámenes médicos y genéticos, pero descubrió que no tenía en absoluto esa enfermedad en su sangre.

De hecho, se enteró de que el difunto no era su padre biológico y que el hermano solo era hermano por el patrimonio genético de la madre.

Por lo tanto, perturbado por haber considerado a alguien como padre toda su vida cuando en realidad no lo era, pidió explicaciones a su madre, que ya era anciana.

La madre admitió que de joven había tenido un gran amor en Italia durante algunos de sus viajes de trabajo en ese hermoso país, pero se negó rotundamente a darle cualquier otra información o explicación.

Unos años más tarde, ya muy anciana, la madre murió. Ordenando el ático de la villa donde había vivido la madre y donde también había crecido mi cliente, encontró un viejo baúl lleno de polvo.

Lo abrió y encontró una extensa correspondencia entre la madre y un hombre italiano, su gran amor de juventud, y una sola fotografía que los mostraba juntos, jóvenes, hermosos, llenos de esperanza y despreocupados.

La intensa correspondencia epistolar solo había durado un par de años, inmediatamente después de la boda oficial en Suiza.

Luego, el hombre italiano rompió abruptamente todo contacto, explicando que había conocido a una mujer en Milán, donde vivía, y que querían tener hijos pronto.

Toda pista y rastro de su relación terminaba allí, en esas polvorientas cartas llenas de sentimiento y pasión, desbordantes de vida.

Luego, parecían haber caído en un estado suspendido, abandonadas, quién sabe cuántas décadas antes, en el ático.

Parecían destinadas a un olvido inexorable hasta que mi cliente las descubrió y con ello dio aliento vital a los sentimientos de los cuales ahora eran simples guardianes silenciosos.

Cuando ese cliente se presentó en mi oficina con una fotografía en blanco y negro, algunas notas y cartas amarillentas y polvorientas, inmediatamente supe que tenía frente a mí a una persona exquisita, que no quería nada de posibles medio hermanos o hermanas italianas.

Solo estaba interesado en saber si realmente existían y si, a su vez, estaban interesados en conocerlo, así como él, que había quedado solo sin familiares cercanos, había expresado su deseo de conocerlos. Al menos para poder racionalizar un poco sus propias ideas, reafirmando las bases de su existencia que se habían desmoronado con el devastador descubrimiento de no haber podido conocer nunca a su verdadero padre.

Con el software adecuado, envejecimos el rostro del hombre que probablemente también había fallecido debido a la vejez, ya que, incluso en la vieja fotografía, parecía ser más mayor que la mujer a su lado.

Logramos identificar a una persona que había fallecido diez años antes en Milán con ese nombre, rastreamos dónde estaba enterrado y fuimos a comprobar si había una fotografía en la lápida que nos pudiera ayudar.

La encontramos y la imagen que aparecía se parecía completamente y de manera impresionante a la que habíamos obtenido con el software de envejecimiento aplicado a la foto que nos habían proporcionado.

A partir de ahí, procedimos con los datos del sujeto, reconstruyendo lo que había sido el núcleo familiar italiano de muchos años antes.

Retrocedimos a años en los que probablemente tenía una familia con esposa y hijos aún pequeños, de modo que en ese núcleo familiar aparecieran posibles hermanos o hermanas de sangre de mi cliente.

Encontramos todo, mi cliente pudo visitar la tumba de su padre, sabiendo finalmente dónde había sido enterrado y cómo se había visto en los últimos años de su vida.

Una existencia en la que nunca supo que tenía un hijo en Suiza.

También le proporcionamos las direcciones actuales y los números de teléfono de los dos hermanos y de la hermana nacidos de la unión de su padre con su esposa italiana, para que pudieran intentar conocerse si así lo deseaban.

Mi cliente me contó tiempo después que solo la hermana aceptó encontrarse con él para conocerlo y escuchar esta increíble historia.

Los dos varones al principio se negaron, diciendo que habían vivido hasta entonces sin él y preferirían tomarse las cosas con calma más adelante.

Mi cliente respetó, con razón, su decisión. Posteriormente, me contó que solo un par de años después del primer encuentro con la hermana, fue ella quien le pidió pasar una Navidad en compañía de los otros dos hermanos, finalmente dispuestos a ese encuentro, reuniéndolo así con su parte de familia italiana.

Como se dice... todo está bien cuando termina bien.

COSTA AZUL

Un querido amigo mío me invitó un verano a Cap Ferrat, un lugar encantador y hermoso de la Costa Azul.

A su vez, un conocido suyo le había prestado para el verano una preciosa villa grande y compleja.

Estaba directamente sobre el mar en una zona reservada de Cap Ferrat, equipada con todo lo necesario: una maravillosa piscina, una pista de tenis, playa privada y era simplemente demasiado grande para vivir solo.

Así que mi amigo me preguntó si me gustaría pasar unos días allí, ya que estaba organizando una reunión de antiguos compañeros de universidad. Acepté con gusto, sus fiestas y reuniones siempre habían sido un gran éxito dondequiera que las organizara... imagínate en un contexto tan privilegiado.

Llegué a mediados de julio de un año y fueron días maravillosos y divertidos. También fue una oportunidad para reencontrarme con viejos amigos con los que habíamos perdido el contacto.

En total, éramos unos diez invitados y nos quedamos allí entre estatuas y jardines encantadores durante unos veinte días, haciendo algunas escapadas a Montecarlo y Saint Tropez.

Mi amigo, justo antes de ir a Cap Ferrat y organizar esas maravillosas vacaciones con viejos amigos, había adquirido un magnífico coche nuevo.

Un flamante BMW Z3 M Spider de 321 caballos de fuerza, una verdadera joya, perfecto para esos lugares donde viajar con el cabello al viento era una experiencia fantástica.

Me contó que durante su estancia allí, había hecho

algunas compras voluminosas y, por lo tanto, tendría el problema de cómo llevarlas de regreso a Turín.

Así que tuvimos la brillante idea de intercambiar coches ya que yo había ido allí con un SUV y tendría mucho espacio para el regreso.

Además, debido a compromisos, él no podría asistir a una reunión de BMW Z3 a la que yo podría haber ido. Y eso fue lo que hice.

El 10 de agosto, al amanecer, esa pantera me esperaba en el camino de la villa que nos había hospedado en Cap Ferrat.

El color era impresionante, se llamaba azul Estoril... perfecto para ese coche.

El rocío de la mañana realzaba sus reflejos cambiantes, las tomas de aire laterales en forma de branquias de tiburón en los pasos de rueda delanteros, los cuatro feroces tubos de escape y las brutales llantas traseras de dragster completaban ese perfil perfecto.

Además, ese modelo, a diferencia de otros, estaba equipado con un diferencial trasero de deslizamiento limitado para ofrecer una experiencia de conducción "dura y pura".

Cuando giré la llave, el motor de seis cilindros de la división M rugió con ferocidad... era una verdadera bestia para domar y me encantó la idea de regresar a casa con ese vehículo emocionante.

Me gustó aún más la parada intermedia programada en Portofino para la reunión del club Z3 a la que debería asistir en nombre de mi amigo... ¡qué sacrificio!

El viaje fue fluido, el clima era perfecto, los paisajes costeros realmente parecían postales, las curvas en ese "go-kart" eran magníficas... a menos que pisara demasiado el acelerador... en ese caso, el motor liberaba toda su potencia haciendo que la parte trasera saliera en espectaculares derrapes, aunque un poco prohibidos por el código de carretera.

En resumen, era un verdadero juguete, en el parque de atracciones perfecto, con el chico perfecto al volante.

Elegí la carretera principal para no perderme la belleza de esos lugares costeros por un segundo.

Al regresar a Italia, hice una breve parada en Recco para probar una deliciosa focaccia ligure, luego subí por las curvas que llevan a la Ruta de Camogli y luego bajé hacia la maravillosa bahía de Tigullio, que siempre he conocido y amado.

El descenso a Santa Margherita fue muy agradable, y no satisfecho con la focaccia de Recco, me detuve en el bar Tortuga en el puerto de Santa Margherita, un lugar muy relajante donde conocía a algunas personas.

Luego volví al coche para hacer las últimas curvas en la carretera panorámica, literalmente junto al mar, que conecta Santa con Paraggi y luego con el puerto más hermoso del mundo, Portofino, donde llegué a las 4 p.m., la hora de inicio de la reunión.

Había unos veinte coches ya alineados en la pequeña plaza. Aparqué el mío también.

Normalmente cerrada al tráfico, en esa ocasión se nos permitió aparcar en ese lugar encantado, escenario de muchas películas, lugar romántico de historias de amor y refugio de los amantes del buen vivir.

Empecé a charlar con los diversos participantes, especialmente con un personaje muy simpático que también tenía un Z3 M del mismo color especial que "el mío"... de hecho, no me hubiera importado que realmente fuera mío ;-).

La tarde voló entre un comentario técnico y otro... eran coches realmente bonitos y no faltaron temas de conversación.

Nos llevamos tan bien que algunos decidimos cenar juntos en un bonito restaurante junto al mar en Portofino: U Magazin.

Ya había estado allí antes, así que me atreví a sugerirlo. Mi idea fue muy bien recibida por todos los presentes.

Charlando en la mesa con esos nuevos amigos, salió a relucir que mi nuevo conocido con un coche del mismo espectacular color que el mío (al que llamaremos ficticiamente Alberto) era el dueño del grupo de concesionarios más grande de esa marca en el norte de Italia y también era de Turín.

También salió a la luz, por supuesto, que el coche que mostraba en esa ocasión no era mío, aunque hablaba de él como un propietario enamorado. Luego hablamos sobre mi trabajo y el hecho de que representaba la tercera generación de detectives privados de mi familia.

Continuamos la cena entre risas y charlas.

Al despedirnos, Alberto me preguntó si podríamos encontrarnos nuevamente para discutir un pequeño problema laboral que lo había estado molestando durante un par de años.

Así que, después de intercambiar información de contacto, acordamos vernos 4 días después para desayunar en nuestra Turín.

De hecho, tenía planeado no regresar de inmediato porque quería quedarme en Santa Margherita para el fin de semana... como dije, allí tenía algunos viejos amigos a quienes visitar.

El martes por la mañana, a las 10, entré en Baratti&Milano, un histórico bar de Turín, con muebles antiguos y un ambiente de tiempos pasados, un lugar que realmente merece ser visitado y apreciado con todos los sentidos.

Alberto aún no había llegado, así que empecé a sentarme en una de las mesas con vista a la Galleria Subalpina, una hermosa galería cubierta, donde reina un silencio surrealista muy relajante, siempre. Después de unos minutos, Alberto llegó y así pedimos.

Yo tomé un toast, en realidad el toast de Baratti es uno de los mejores de la ciudad, se saltea en sartén con mantequilla y está relleno con excelente fontina y jamón.

Para beber, pedí un jugo de naranja. Alberto pidió un sandwich y una tónica.

Vamos directamente al grano. En su sector, durante años, el margen sobre las ventas había caído mucho a pesar de tener facturaciones de seis cifras.

Los coches grandes ya no se vendían como antes, así que intentaban hacer números con los coches más pequeños y, aun así, en cualquier caso, incluso para gigantes como ellos, las cifras no siempre eran emocionantes.

Aunque alcanzaban grandes ventas, los márgenes seguían siendo demasiado bajos.

Me explicó que ahora ganaban principalmente con los bonos que la casa matriz otorgaba a los concesionarios que hacían el mayor número de ventas, y no tanto gracias a las ventas en sí. Bajo este punto de vista, como concesionarios, estaban bien porque habían sido fuertes en el territorio durante mucho tiempo y, teóricamente, los derechos exclusivos deberían haberles permitido alcanzar fácilmente los objetivos para obtener los premios de producción.

Sin embargo, durante dos años consecutivos, esto ya no estaba sucediendo.

Sospechaban que sus competidores, que obviamente tenían otras áreas exclusivas, estaban jugando sucio y no respetando las áreas de acción y limitación. También había la posibilidad (y con el tiempo también encontramos esto) de que a menudo, como ocurre en general en el mundo comercial, los vendedores son verdaderos tiburones.

De hecho, es un ambiente que, entre los mismos profesionales, tiene muy poca confianza.

De hecho, muchos vendedores a menudo actúan más

en su propio interés que en el interés de las empresas para las que trabajan, a veces incluso aprovechando de manera fraudulenta la red y los recursos de la misma empresa, con obvios perjuicios.

Enfrentamos muchos casos de este tipo con Alberto, pero no era el foco solicitado para nuestra intervención en esa ocasión, que seguía siendo la verificación, hacia los competidores de mi amigo, de la corrección profesional y contractual que imponía precisas exclusividades de zona.

Para explicar, aunque de manera general, el mundo de los concesionarios de coches de una sola marca, considere que la casa matriz normalmente asigna grandes áreas otorgando a algunos concesionarios derechos exclusivos de venta (ya sea de nuevos o de usados).

Por lo general, en áreas de exclusividad para "nuevos", ningún competidor de la misma marca puede vender otro "nuevo"; a lo sumo puede suceder que coexista el derecho exclusivo sobre el "nuevo" de un competidor, con la posibilidad del adversario de vender, en la misma área, solo "usado".

En el caso específico, el competidor que potencialmente entraba en conflicto con nosotros era otro gigante del norte de Italia.

Al igual que mi nuevo cliente y amigo Alberto, tenía más de veinte grandes concesionarios distribuidos en cuatro regiones del norte.

Dado que él había obtenido los premios de ventas otorgados por la casa matriz en los últimos dos años, se sospechaba que en ciertas sedes, donde solo podría vender "usados", en realidad también vendía "nuevos".

Teníamos que obtener pruebas de que en estos concesionarios, potencialmente incorrectos, se vendieran coches nuevos a pesar de la prohibición de hacerlo.

Por lo tanto, idealmente necesitábamos presupuestos

de compra que indicaran de manera única el número de chasis de los coches presupuestados para la compra.

De esta manera, se podría demostrar a la casa matriz la falta de corrección del competidor, al que en los últimos dos años había dado mucho oxígeno gracias a esos premios de resultados no merecidos y que Alberto no había obtenido.

De hecho, la casa matriz (es lo mismo para cada marca) puede saber exactamente dónde se puede vender y dónde no cada coche individual a partir del número de chasis.

Obviamente, no es en absoluto obvio que un vendedor vaya a indicar en el presupuesto de compra ya el número de chasis del coche propuesto.

De hecho, no es habitual que lo haga, ya que prefiere mantener un mayor margen de acción.

Sin embargo, gracias a las sugerencias adecuadas y a un elaborado estratagema, pudimos obtener esos números específicos y únicos.

De hecho, los obtuvimos muchas veces y en casi todos los concesionarios que investigamos. Recuerdo que el porcentaje incluso alcanzó sorprendentemente el 90%.

Preparamos los disfraces y looks adecuados, estudiamos los diálogos y las mejores estrategias para atrapar a los vendedores fraudulentos y aprovechamos todos los consejos "del entorno" que el cliente nos dio.

En 15 días armamos el equipo necesario para esta tarea. La operación duró unos dos meses, durante los cuales visitamos todos los concesionarios bajo observación entre Piamonte, Lombardía, Liguria y Véneto.

Documentamos todo con microcámaras y contratos redactados con los diferentes vendedores.

Mi nuevo cliente/amigo quedó plenamente satisfecho y agradecido, ya que la casa matriz, con esos documentos en mano, intervino inmediatamente.

Continuando con nuestra relación en circunstancias cotidianas, me contó que desde el año siguiente retomaron el cetro de los ganadores y comenzaron nuevamente a alcanzar los objetivos de ventas requeridos por la casa matriz para obtener los bonos. Además, la casa matriz impuso numerosas restricciones a los concesionarios que no habían respetado las reglas del juego, ya que estaban en contraposición con las líneas éticas y legales exigidas por esa marca.

El éxito de esa operación fue, en términos económicos, muy considerable para mi amigo Alberto, quien quiso agradecerme regalándome, además de lo acordado por el trabajo realizado, un maravilloso reloj que todavía llevo en mi muñeca. También me brindó a menudo el privilegio y la oportunidad de probar en exclusiva hermosos coches antes de que fueran presentados al público.

En diversos campos, estas operaciones y este tipo de actividades han ayudado frecuentemente a muchas empresas y a muchos profesionales independientes a obtener los resultados merecidos.

Individuos que, sin nuestra ayuda, a pesar de sus habilidades y potencial, difícilmente habrían podido superar ciertos obstáculos en su vida personal y profesional.

Por supuesto, la marca BMW se ha utilizado en esta historia solo como ejemplo, para darle un sentido concreto a los hechos narrados.

En cualquier caso, estarán de acuerdo conmigo en que la esencia no habría cambiado mucho. ;-)

LA TEORÍA DE LA CONSPIRACIÓN

Lo que estoy a punto de contar es solo una teoría no verificada e indemostrable.

Una teoría como muchas que han circulado a lo largo de los años, por lo que no pretende demostrar nada; cada uno es libre de tomarla como quiera y hacer con ella lo que desee.

Lo mío son solo suposiciones que, si alguien quiere, puede profundizar.

Generalmente, no creo en las teorías de conspiración genéricas que circulan sobre diversos temas, ya que, al analizar bien los hechos, a menudo se entiende que es mucho más probable que en muchas circunstancias solo el destino haya dejado su huella en los eventos y no estrategias conspirativas.

Sin embargo, sobre un caso, es decir, la muerte de Lady Diana, desde el principio, incluso antes de que Mohamed Al Fayed hiciera sus acusaciones de conspiración contra el MI6 y la corona británica, me pareció evidente que la simple observación de esos pocos hechos revelados indicaba claramente que no se trataba de un simple accidente.

No hay muchos elementos y fechas para comprender todo mi razonamiento.

Considera que de los 4 ocupantes del Mercedes que esa noche del 31 de agosto de 1997 se estrelló contra el pilar del Túnel De l'Alma en París, el único que llevaba el cinturón y sobrevivió fue el guardaespaldas de Lady D., Trevor Rees-Jones.

La noticia sobre el cinturón ha sido cuestionada, pero parece que él era el único que lo llevaba.

Se confirmó técnicamente que el coche chocó a una velocidad no superior a 85-90 km/h y no a 110 como se afirmó inicialmente.

Sin embargo, muchos parisinos suelen entrar en ese túnel a 110 km/h, aunque el límite en ese tramo es de 70 km/h.

Las primeras imágenes del accidente mostraban que la parte trasera del coche, donde estaban sentados Dodi Al Fayed y Diana Spencer, estaba lo suficientemente intacta como para que los dos ocupantes del asiento trasero sobrevivieran al impacto.

Según la reconstrucción comúnmente aceptada de los hechos, el conductor murió en el momento del impacto a las 00:23.

Dodi fue declarado muerto a la 01:32.

Diana fue sacada del coche a la 01:00 todavía viva (parece que intentaba decir algo) pero sufrió un paro cardíaco.

Fue reanimada y a las 01:18 fue cargada en una ambulancia.

A las 02:06 fue llevada al hospital y a las 04:00 fue

declarada muerta.

El único superviviente fue, sorprendentemente, el guardaespaldas, la persona sentada en el lugar más peligroso del coche.

Puede que digas o pienses que son simples conjeturas, como muchas otras que hemos escuchado.

Sin embargo, agregaré algunos elementos que me hicieron pensar que los hechos podrían tener matices muy diferentes.

Hasta septiembre de 1997, el mundo científico, y en particular el médico, casi no conocía la existencia de un veneno muy peligroso que los servicios secretos israelíes poseían, y teóricamente otros servicios secretos también podrían tenerlo, como el MI6 británico.

Estamos en septiembre de 1997, el primer mes después de la muerte de Lady Diana.

Mucha gente todavía ignora o pretende ignorar los

hechos que te voy a contar, hechos que revelaron la existencia de este veneno.

Un especialista bioquímico de los servicios secretos israelíes propuso usar este veneno en septiembre de 1997 contra Khaled Mash'al, un potente veneno letal desarrollado en el Instituto de Biología de Ness Ziona.

En ese momento, Mash'al era el jefe de la oficina política de Hamas pero vivía en Amán, Jordania, donde el Mossad intentó asesinarlo.

Era un veneno tan potente y efectivo que bastaba con rociar unas gotas en la piel de la víctima para causar su muerte.

La sustancia también tenía la ventaja de no dejar rastros y no ser detectable incluso en la autopsia.

Aquí agrego yo, de hecho, las autopsias realizadas a Dody Al Fayed, Diana Spencer y su conductor el mes anterior no revelaron ningún rastro... de hecho, creo que no se buscaron rastros de veneno porque fue más obvio y fácil atribuir las causas de las muertes a los traumas causados por el impacto.

Para el servicio secreto israelí, además, el incidente en París podría haber sido una especie de prueba indirecta para medir la efectividad de ese producto. Según mi imaginativa reconstrucción de los hechos, esa operación del MI6 en París había certificado que era una herramienta letal absolutamente válida para usar también en Amán.

Volviendo a Trevor Rees-Jones, en el momento de los trágicos eventos, había estado trabajando para la familia Fayed durante aproximadamente dos meses, era inglés, era el único que llevaba el cinturón y es el único que sobrevivió.

Añadamos que Diana había declarado literalmente temer ser asesinada por el servicio secreto británico a través de la puesta en escena de un accidente automovilístico.

Hubo rumores sobre un rayo láser proyectado por

algún agente secreto hacia el coche que habría temporalmente "cegado" al conductor... pero creo que esto es poco creíble y que los hechos ocurrieron de manera diferente.

Creo que Trevor Rees-Jones o ya estaba empleado como agente encubierto del servicio secreto británico cuando fue contratado por la familia Fayed (no olvidemos que las buenas operaciones de inteligencia y espionaje se construyen con mucho tiempo de anticipación y con muchos agentes encubiertos), o fue "contratado" poco después de su contratación.

A él, teóricamente, se le podría haber pedido que provocara el accidente.

Como vecino del conductor, era absolutamente fácil agarrar el volante y causar el devastador choque del coche.

Sabía que podría haber consecuencias de impacto en él a pesar del cinturón y el airbag, pero también sabía que con alta probabilidad con ese coche a esa velocidad y con esos sistemas de seguridad pasiva, casi seguro se salvaría y probablemente, me atrevería a decir con seguridad, aceptó la misión. Creo que momentos antes de agarrar el volante, se volteó hacia Dodi y Diana y les roció el veneno, luego hizo lo mismo con el conductor y luego agarró el volante girando bruscamente el coche hacia las columnas, causando el tremendo choque.

Es cierto que tuvo que someterse a muchas horas de cirugía facial debido a cómo quedó, pero después de un mes ya estaba fuera del hospital... definitivamente mucho mejor que los otros 3 ocupantes del coche y además hoy lleva una vida tranquila y absolutamente normal.

Añadimos que "cómodamente" sufrió amnesia debido al accidente y por lo tanto sus recuerdos a veces estaban confundidos y también añadimos que durante el año siguiente al accidente nunca habló, dando a entender que casi no podía.

Todas las excusas demasiado convenientes y beneficiosas en ese momento para no parecer definitivamente sospechosas. También añadimos que el padre de Dody, que al principio hizo todo lo posible por ayudar a Trevor y estar cerca de este joven empleado, con el tiempo cambió radicalmente su actitud hacia él.

¿Quizás luego tuvo elementos de fuerte sospecha? Además, muchas otras personas que giraron en torno a Diana y este asunto desafortunadamente tuvieron el mismo triste destino de muerte prematura causada por accidentes y suicidios definitivamente poco creíbles.

Repito que estas son solo suposiciones no verificadas y quizás no verificables y quizás representan solo otra fantasiosa reconstrucción de esos hechos y solo así debe tomarse mi curiosa reconstrucción.

Sin embargo, es igualmente curioso que el único sobreviviente fuera un británico, un ex soldado, recién en ese nuevo trabajo y que perdió la memoria, pero luego se rehizo una vida normal, se casó de nuevo, abrió un nuevo negocio y escribió (con la ayuda de una escritora fantasma) un libro de sus memorias...

Un paradoja para alguien que ha sufrido ciertas amnesias.

Nunca se debe olvidar que la solución más obvia, a menudo, también es la más correcta.

A cada uno, como siempre, sus propias conclusiones...

¡Hasta la próxima!

Printed in Great Britain
by Amazon

81ee1b4e-5008-4006-b14a-eecf7c009c6aR01